Es un decir

Es un decir

Jenn Díaz

Lumen

narrativa

Primera edición: marzo de 2014

Printed in Spain – Impreso en España

ISBN: 978-84-264-0010-9
Depósito legal: B-841-2014

Compuesto en Fotocomposición 2000, S. A.
Impreso en Egedsa

H 4 0 0 1 0 9

Yo quiero que se muera papá todos los
días para no ir al colegio.

MIGUEL DELIBES

Da hasta miedo seguir
si con tan pocos años pesa tanto la vida.

IDEA VILARIÑO

El día que cumplí once años mataron a mi padre. Recuerdo que era viernes porque de haber sido otro día, a la mañana siguiente no habría ido al colegio y nadie habría rechistado. Lo sé porque a una niña de mi clase, a la que se le murió la madre, le perdonaron la falta. Pero mi padre murió un viernes, y como al día siguiente era sábado y no íbamos a la escuela, ni esa suerte tuve.

Estábamos celebrándolo en casa mi madre, la abuela y yo. Las tres, como siempre. Y a mí me pareció, al soplar las once velas, oír de fondo un disparo. Se lo dije a mi madre al oído cuando nos dieron la noticia de que lo habían asesinado, y la palabra *asesinado* se me metió en la cabeza igual que esas moscas tontas que entran en tu casa y ya no saben cómo salir.

—Que yo ya lo sabía, mamá, que lo oí…, no sabía que era él, pero lo oí y…

Y mi madre me dio una bofetada y me dijo que callara de una vez, de una vez (lo repitió), como si en alguna época de mi corta y flaca, pero sobre todo flaca, vida hubiera sido una niña charlatana y pesada; dijo que con esas cosas no se jugaba y que acababa de cumplir once años, empezaba a ser una señorita.

Es cierto, tras aquel manotazo empecé a ser una señorita. Y también una desgraciada y una *pobrecilla, huérfana de padre*. Entendí que mi madre no necesitaba verdades y que dárselas era una pérdida de tiempo. No las necesitaba y no quería hablar de ellas, porque la dejaban aislada del mundo inmediato al que pertenecía: al olor a comida, a las manos perfumadas de jabón para lavar, a la pared recalentada por el sol de invierno, al polvillo que levantaban las gallinas en el corral cada vez que se asustaban, al ruido de las cuentas del rosario, al siseo de mi abuela cuando rezaban juntas, una al lado de la otra, muy pegadas. Eso era lo que quería mi madre y eso le di junto a mi abuela, que vivió con nosotras desde que me quedé huérfana de padre, medio huérfana.

Cuando mi padre todavía no había tocado el suelo con la barbilla, muerto, los asesinos salieron corriendo hacia mi casa, dispuestos, y así fue, a meter la pistola en el cesto de la ropa sucia para que nadie encontrara pruebas; para que, de haber algún sospechoso, fuéramos nosotras mismas: su mujer y su hija, su suegra como mucho. De modo que la ropa se quedó ahí en el cesto, sucia, y ya nadie quería tocarla, ni siquiera para quemarla, que era lo que yo hubiera hecho desde el primer momento.

Estaba resentida con mi padre porque no le bastaba con morirse, sino que además tenía que ridiculizarme y avergonzarme delante de todo el mundo; al cabo de un rato me enteré de que nadie quería enterrarlo. La ropa del cesto quedó inútil ahí dentro y tuve que olvidarme de aquel vestido rojo que me gustaba tanto, porque además las señoritas no se preocupan por esas cosas; las señoritas son personas serias y responsables, con mayores preocupaciones que un vestido, pura frivolidad. Pero la pistola nadie vino a reclamarla inmediatamente, lo mismo que hice yo con aquel vestido que se quedó pequeño, más un símbolo que un vestido, comprendiendo de pronto que ya pertenecía a la vida anterior, aquella en la que mi padre estaba con nosotras (es un decir) y creíamos que la muerte era asunto de otros.

—Ahí, detrás del colegio abandonado, ahí mismo te digo, si no vais a recogerlo se lo van a comer las moscas, se lo van a comer entero. No querrás eso para el pobre.

Y, efectivamente, no era eso pero tampoco se sabía qué se quería para el pobre, que era mi padre. Todo el pueblo le había visto muerto, humillado. Con los pantalones por los tobillos y la cara de niño pobre, un niñito de clase baja con frío, hambre, todas las calamidades. Mi tío, al que parecía que no le había afectado en absoluto la muerte de su hermano, nos advirtió que nadie quería enterrarlo, nadie quería ocuparse de él, de aquel muerto que era nuestro.

Volví a sentir todo el resentimiento hacia mi padre, ya huérfana, y se abrió ante mí, por primera vez y porque sólo se puede abrir una vez de aquella forma, todo el mundo estúpidamente adulto.

Mi madre no se atrevía a recogerlo de allí, de aquel solar, y enterrarlo o hacer algo con él. Hacer algo con él, decía, como si tuviéramos muchas opciones, un abanico de posibilidades: lo que se puede hacer con un muerto. Sin embargo, cuando mi tío habló de las moscas, del asco, reaccionó. Fuimos al solar, donde el muerto, y la vida me pesó, quiero decir que noté un peso físico dentro de mí, como si me hubieran cargado los brazos, como el pelo cuando te lo mojas. Creí que iba a marearme y mi madre dijo, con voz dura:

—No seas exagerada.

Aquella voz endurecida de mi madre me acompañó durante todo el trago amargo que fue convertirme en una señorita. Y esa voz nacía y crecía dentro de mí furiosa, delante de mi padre, con su lucha inacabada, con su muerte a cuestas, con toda la deshonra y vergüenza que era pertenecer a su familia, ser sangre de su sangre, esparcida en aquel momento, sucia para siempre en mi memoria. El parentesco maldito, una blasfemia, una palabrota inoportuna, una bofetada en la boca: no volveré a hacerlo, mamá. Aquello significaba la muerte de mi padre para mí: una losa. Y me pesaba junto a la mirada de mi madre que me pedía que no exagerara mientras ella cogía la mano de mi padre y la levantaba y la dejaba caer, una y otra vez, para comprobarlo, para asegurarse de que sí, estaba muerto. Las cosas como son: necesité un padre para mí en el mismísimo instante en que murió y estaba dispuesta a hacerlo a mi medida, a la medida exacta de un padre perfecto, el que yo deseaba, el que desearía cualquier señorita de once años (recién cumplidos).

Al volver a casa, estando todavía mi madre sin llorar como se está en ayunas, se comió como una salvaje el pastel de mi cumpleaños. Yo la miré, horrorizada. No podía comprender que, después de haber cogido a mi padre y de arrastrarlo para colocarlo sobre mi cama, después de dejarlo reposar ahí como si necesitara descansar de todo lo que le había ocurrido (la muerte), se pusiera a comer aquel pastel del diablo, dejándose sucios los dedos y la boca llena, dulce.

Habíamos llevado a mi padre entre las dos hasta mi habitación, descansando cada pocos pasos, tan pesados son los muertos, y se quedó allí reposando en mi cama, infectándolo todo de lentitud mientras mi madre devoraba mi pastel de cumpleaños. La veía así, disfrutar, y yo no dejaba de pensar en que ya nunca más podría dormir en mi cama.

No, aquélla no era la vida que yo quería, aquélla no era mi casa ni aquélla, mi madre. Deseé como nunca haber nacido en otro lugar, otra familia, otra casa, otras costumbres…, pero no pude hacer otra cosa que aceptar mi realidad y ésa era que mi padre había muerto y mi madre, por decirlo de alguna manera, también. Y además estaba la abuela, tan escurridiza, con tantos secretos que no me contaba, y también el abuelo, lejano, un recuerdo que nadie estaba dispuesto a desempolvar, como tantos otros.

Me dije que debía ser paciente. Tenía aún que asimilar y acabar de entender por qué habían matado a mi padre, un señor que ya nada tenía que ver con la imagen que guardaba de él, un desconocido que yo había dibujado (es un decir) para no sufrir tanto. Los muertos son así, que uno puede moldearlos a su antojo y hacer de un padre poco comprometido el hombre más maravilloso del mundo. Jamás se me pasó por la cabeza preguntar a mi madre o a mi abuela qué había ocurrido, por qué nadie me había contado que él era alguien, cómo decirlo, alguien a quien matar y que matarlo fuera una cuestión de justicia, una muerte justa; por qué no debería sentirse uno culpable de apuntarle con una pistola y disparar, porque lo cierto es que no vi en la cara de nadie compasión ni rabia: tenía que ocurrir.

Allí, tumbado en la cama de forma natural, como si durmiera, como si estuviera cansadísimo, parecía tan normal, tan sencillo, un hombre común, ahí tendido, sin que nadie le hiciera el menor caso. Mi madre lo acabó dejando en la cama un par de días, sin saber muy bien qué hacer con él. Antes de salir a la calle, se ponía a pelar cebollas para que todo el mundo creyese que lloraba día y noche, y yo me preguntaba por qué no era capaz de llorar sin ayuda, si ella tampoco merecía la viudez. Quise decirle que no exagerara, pero no me atreví porque, en fin, era una señorita.

Un día, al volver del colegio, sencillamente el cadáver de mi padre no estaba en mi cama. Aun así, decidí seguir durmiendo con la abuela, en una cama supletoria en la que me veía obligada a dormir de lado, cogiéndola de la cintura, una cintura ancha y redonda, para no caerme al suelo. Mi abuela me hablaba de las estrellas y de cómo los muertos subían al cielo sin que nadie los viese para quedarse allí observándonos, o cuidando de nosotros o lo que se haga en el cielo.

Seducida por aquella dulzura que derrochaba impúdica mi abuela, a punto estuve de dejarme ganar por la noche, por las estrellas y aquel pasadizo maravilloso por el que los muertos ascendían al cielo. Pero no, al contrario que mi madre, empecé a querer la verdad. Y si no podía tenerla, el silencio. Nunca hablar por hablar, nunca la mentira ni el engaño ni todo eso de andar ocultándose o postergando; un poco de ternura en todo caso, pero sólo las migajas, sin relamerme tampoco, que no hay cosa peor que regocijarse en la compasión.

Lo único que me consentí, y todavía, fue crear un refugio en el solar donde él murió, bueno, donde le mataron; ir allí algunas tardes cuando en casa el peso de mi madre era devastador, devastador y lento, como el de una madre mojada. Sentarme donde lo encontramos, coger la tierra y pasármela de una mano a otra, por si quedara algo de él. Aunque no fuera en él estrictamente en quien yo pensara sino en un padre a medida, nuevo. También yo necesitaba algunas concesiones, como los demás.

Quizá lo más duro de todo no fue quedar huérfana de padre, sino también de madre, estando ella de cuerpo presente, estando tan poco viva pero lo suficiente. Después de que mi padre desapareciera de mi cuarto, que además no sé adónde lo arrojaría, al río, o lo enterraría, ni quién la ayudó a moverlo, si fue la abuela, ni por qué nadie me contaba nada, por qué nadie me tenía en cuenta; después de aquella escena que imaginaba grotesca, ya no se habló nunca más de él, y por eso me resultó más fácil recrear una nueva imagen que no le pertenecía, pues no tenía que convencer a nadie de aquel padre nuevo, mi regalo de cumpleaños. Aun así, fue duro ver a mi madre casi siempre callada, no olvidando a mi padre a la fuerza, sino de manera natural: verla quitar los retratos, verla quemar alguna que otra carta comprometida (es la palabra que usaban), verla arrancar álbumes y regalos como quien cambia los muebles de sitio, que a veces también los cambiaba porque decía que era el desahogo de los pobres, que no podían mudarse a una casa mejor. Y al final, siempre el mismo polvo transparente a nuestro alrededor, esa capa cubriéndonos hasta la boca, tapando cualquier intento por respirar un poco de frescura, una vida limpia.

El único momento en que abandonó su serenidad fue cuando algunos guardias vinieron a registrar nuestra casa. Se puso a temblar como si tuviera frío aunque tenía las mejillas coloradas, completamente incendiadas, y las manos se las pasaba por el delantal una y otra vez, una y otra vez, secándose el sudor pegajoso de la inquietud. Cuando me acerqué a ella y le cogí una mano aprovechando su indefensión durante aquellos segundos, minutos, aunque la verdad es que parecían vidas, cuando le cogí la mano estaba tan fría como un muerto (mucho más que mi padre, que cuando fuimos a recogerlo todavía estaba templado, cosa que me confundió, porque a los muertos uno siempre se los imagina congelados).

Seguía sin entender nada. Y mucho menos cuando vi cómo dos de ellos se acercaban al cesto de mimbre donde se escondía la pistola, los vi meter la mano y encontrarse con ella, con el arma, y la sacaron rápidamente, disimulando, hipócritas, escurriendo el bulto, despidiendo a la muerte. Después dijeron, para mi sorpresa, pero sólo para mi sorpresa porque allí parecía que todo el mundo entendía de qué iba:

—Lo sentimos, no hemos encontrado nada. Si hubiera novedades, cuente con toda nuestra profesionalidad y confianza, daremos con el asesino de su marido.

Mi madre asintió. También lo hizo mi abuela, fingiendo como ella sabía hacer, agachando sumisa la cabeza una y otra vez, dando las gracias. Todos, incluidas ellas, incluidos los guardias, incluida yo, sabíamos que ahí estaba el arma; todos lo sabíamos, pero todos decidimos no mirarnos a los ojos y hacer como que la muerte no era para tanto. Jugamos. Actuamos, desgraciadamente yo también, como personas mayores, cabales, que saben lo que hacen y hacen la verdad, y la construyen con pequeñas o grandes mentiras. Y lo peor fue que se sostenía. Aquel engaño se sostenía solo en el aire, sin ayuda de nadie, ni siquiera de Dios. Yo estaba muy cerca de ser la señorita perfecta que mi madre quería para su hija, para Mariela la huérfana, la pobre.

Durante meses, cada vez que mi madre se encontraba por la plaza o en el mercado o en misa con alguno de los tres policías que vinieron a casa, se acercaba a ellos y, sin decir nada, esperaba lo de siempre: una respuesta a una búsqueda que no era tal. Miraba con lástima, suponiéndose que extrañaba a mi padre, que seguía buscando a su verdugo, quizá para hacer justicia, quizá para vengarse. Pero nadie hizo nada. Ni siquiera yo, que me quedé allí por no saber adónde ir, que me quedé algunos años más siendo una niña y una señorita a veces, cuando se me exigía.

Todos los hombres de entonces, de mi entorno al menos, eran rudos y maleducados, y ni una de las veces que fui de visita a otras casas sentí que en la mía hubiera más vacío que en otras.

La figura del hombre podría haber sido perfectamente sustituida por la nada, aunque nadie lo creyera, aunque al parecer todos ellos se consideraran tan imprescindibles. Iba a casa de familiares o amigos o vecinos, y observaba atentamente al padre, al hermano, al tío, al abuelo, a todos. Con mucha curiosidad, con admiración casi, imaginando que eran de otra manera, muy diferente a lo que yo estaba acostumbrada. Y sí: eran diferentes a mi madre y a mi abuela, incluso a ese estar con la cabeza en otro lugar de mi padre, lo poco que recordaba de él, pero al final casi todos me decepcionaban de una manera u otra.

Una cosa era verles en el colegio o por la calle. Otra muy distinta verles actuar dentro de casa. La mayoría de los hombres eran otros en casa que en la calle. En la intimidad eran personas diferentes, aunque no sabría decir con cuál me quedaría.

Recuerdo cuando me encontraba con el hermano de mi padre por el pueblo, después de que él faltara (una expresión que empezamos a usar mucho, por no decir que habían matado a mi padre), y me hablaba con mucha alegría, acariciándome la cabeza y después dándome un empujoncito en el trasero, que se lo quedaba mirando un buen rato, riéndose como un conejo. Sin embargo, cuando al principio venía a vernos a nuestra casa, que era pocas veces al quedar las tres solas (porque al *faltar* mi padre, nosotras *quedamos*), se comportaba como se esperaba de él: discretamente. Me daba dos besos, me preguntaba tres o cuatro cosas y, antes de irse, me daba una moneda para que me comprara algo. Después miraba a mi madre con cara de pena, refiriéndose a mí, como diciendo: la pobre, sin padre, tan joven. Pero mi madre no quería ni verlo, aunque yo aún no sabía por qué.

Cuando no era mi tío de quien yo me sorprendía, era de cualquier otro. Los padres de mis compañeros de colegio eran siempre muy varoniles en la calle; en cambio en sus casas no abrían la boca, sentados gran parte del tiempo en un sillón orejero que sólo les pertenecía a ellos, ya gastado y algo sucio, y miraban las cosas de reojo, nunca de frente. Si alguna vez tenía que cruzar el salón porque quería ir al baño o ir a la cocina a pedir un vaso de agua, pasaba por delante de ellos (ellos, completamente anónimos, para qué un nombre de pila) y nunca levantaban la mirada. Llegué a pensar que era porque sabían lo de mi padre y tenían miedo de que viera en sus ojos algo que yo anhelara, no sé, o quizá porque los hombres simplemente son así, como decía mi abuela: de otra pasta. De una pasta distinta de la de las mujeres. No sé si mejor o peor, la verdad.

En las noches que me veía cerca, muy cerca de algún hombre, me volvía a casa cabizbaja y anotaba en un cuaderno cosas como: ¿mi padre habría levantado la mirada si una amiga mía hubiera pasado por delante de él?, ¿me daría mi padre monedas?, ¿nos pareceríamos?, ¿se atrevería él a mirarme fija, muy fijamente? Ya ni sé dónde están esos cuadernos, porque cuando dejé mi casa lo tiré todo. Me preguntaba aquellas cosas como si durante once años no hubiera tenido, como así fue, un padre.

Rápido empecé a sentir lo que, después supe, fueron los primeros chispazos de mi vejez (es un decir) prematura. Todos decían: ¡parece una vieja esta niña! Empecé a ser muy pesimista, una persona no grata para la compañía. Mis amigas me dejaban de lado porque decían que era aburrida, pero no era aburrimiento sino que estaba ya cansada y todo me daba igual, la verdad.

Desde los once años me envolvió una tristeza que paseaba por ahí sin pudor, y todas las vecinas decían: hay que ver, Mariela, lo mayor que te has hecho de un tiempo a esta parte.

Ese tiempo era exacto, uno y preciso, el de la muerte de mi padre, pero nadie se atrevía a decirlo, nadie fue capaz de decir: qué madura desde la muerte de su padre, cuánto aprendemos con los palos que nos da la vida, ¿eh?, qué pronto le ha tocado saber, porque ésa, con esos ojos con que mira, sabe, vaya que si sabe. Pero yo notaba que cuando le decían a cualquiera de mis amigas, que eran tan pocas, que se habían hecho mayores, se referían a otra cosa. Quizá a las caderas, a la cara, cada vez menos de niña, a si tenían pretendientes conocidos, a si ayudaban a su madre en casa y sabían hacerse cargo de sus hermanos.

Todo aquel trabajo de hacerse mayor era un proceso que a mí no me iba a tocar, no iba a sufrir. Nunca lo lamenté porque nunca supe cómo era no ser yo. Tampoco me vi obligada a crecer por fuera. Quiero decir: había en mí tanta sabiduría, guardaba en mi interior tanta lucidez, tanta información, aunque insuficiente, poseía algo tan de otra generación, y no lo digo yo, lo decían todos, que nadie me molestó ni me presionó para que demostrara que era ya una persona adulta y era capaz de hacer lo que hacían los adultos (como si fuera tan difícil).

Mi madre nunca me puso un mocho en las manos, como vi en otras niñas; mi abuela no me enseñó a coser, como vi en otras casas. Todo el mundo supuso que bastante tenía con lo mío —porque, por otra parte, aquello de la muerte de mi padre parecía que sólo me concernía a mí y así me lo hicieron saber, a nadie le preocupó ningún otro familiar, sólo la pobre e indefensa ¡y tan joven! Mariela—, con *lo mío*, cargándome con una muerte repentina y pesada y una losa y molesta y horrible y yo, tan joven, y mi padre, tan joven, y mi madre siendo viuda tan joven, y todos jóvenes y todo mal. Y yo me preguntaba qué tenía aquello de mío, en qué momento alguien, que no sabía quién, había decidido por mí y por los demás que aquella muerte estaba vinculada sólo a mí y sólo iba a cambiar mi vida, como ya he dicho, corta y flaca, sobre todo flaca.

Alguna vez había sentido gran envidia por la vida sencilla y práctica que llevaban las niñas de mi edad. Sólo tenían que preocuparse de ir a buscar a sus hermanos, de llenar un cubo de agua, de lavar la ropa, de tenderla, de preparar la mesa. Había incluso intentado ponerme al mismo nivel sin que nadie me lo pidiera. Pero ofrecer ayuda a quien no te la pide es un continuo ridículo, es penoso y yo me estaba ya cansando de lo penoso, porque la pena es un sentimiento de lo más denigrante y cuando alguien te mira con pena no te está mirando, y yo lo único que quería era precisamente que me miraran.

Mi madre no me tenía en cuenta y si hacía algo por ella, por la abuela, por la casa, lo pasaba completamente por alto con una indiferencia dolorosa. Y pronto sucumbí a un cansancio que me mantenía inmóvil, reflexiva, para adentro. La vida interior me resultaba tan agotadora como a mi madre llevar toda la casa al día y, a un tiempo, sin todo ese quehacer, sin imposiciones, sin todo aquello no éramos nada, no sabíamos dónde escondernos; ella con sus tareas, yo esquivando los suelos fregados y los no pises ahí, Mariela, que todavía está húmedo.

Ejercíamos nuestro papel, el que habíamos elegido, y ninguna jamás se quejó de la otra. Mi abuela parecía siempre mantenerse al margen; nunca acabé de saber en qué lado (es un decir) estaba, si su vida era por dentro o por fuera, si acaso tenía otra cosa que hacer que no fuera olvidar a mi abuelo, a marchas forzadas, cuesta abajo. ¿Quién era para mí aquella anciana? Con tantas horas como pasaba observando a los de casa y a los de fuera, me resultaba imposible descifrar a la abuela y aquello me producía una gran curiosidad; la admiraba.

Al principio, cuando murió (faltó) mi padre y la abuela apareció silenciosa por casa, quedándose sin pedir permiso, ocupando un lugar tan pequeño, al principio creí que no la necesitábamos y que incluso podríamos prescindir de ella. Alguna que otra vez me dije que la abuela molestaba, que ya nos apañaríamos solas. O por lo menos queríamos intentarlo, tan confiada estaba yo con aquel plural que nos incluía a mi madre y a mí. Pero pronto entendí que la presencia de la abuela era necesaria, y que además mi madre la había aceptado sin que me diera cuenta, y era porque aportaba consuelo, o armonía, o normalidad, un estado indescriptible de confianza y bienestar, y todo con su silencio y esa elegancia que no tenía que ver con su ropa o sus maneras, sino con cierta distinción.

Entonces, cuando empecé a mirarla con esa admiración de cuando ya no eres tan pequeño pero igualmente nadie te tiene muy en cuenta, la perseguía a todas horas, intentando que fuéramos amigas, que me enseñara, que me hablara, qué sé yo, que me dijera dónde estaba el secreto, qué debía hacer para alcanzar aquella seguridad y aquel equilibrio. Pero cuanto más deseaba pasar horas con ella, menos caso me hacía.

A mi abuela nunca le gustaron las niñas buenas que cuidaban de sus hermanos y obedecían y simamá, las llamaba las simamá; decía: ésa es una simamá. Nunca esperó de mí que la obedeciera en todo lo que me decía. La abuela no creía en la ingenuidad de los niños, sino más bien todo lo contrario. No sólo no creía en esa ingenuidad, sino que desconfiaba de todos nosotros y nos atribuía más de lo que podíamos asumir; entre otras cosas, la maldad, o la intencionalidad. Por lo tanto, esa cosa mía de perseguirla la abrumaba y molestaba por igual.

Para mí no fue tan sencillo reconocer aquella superioridad como un aviso, una señal. Me parecía un ser distante y al mismo tiempo seductor, y era eso lo que a mí me desconcertaba un poco y me volvía obsesiva, una nieta mojada. La abuela me ignoraba porque no le interesaba hacerme caso, hacer caso a aquella señorita de once años que la perseguía y luego no tenía nada interesante que contarle.

Pero algo pasó porque dejó de llamarme por el diminutivo como había hecho tantas veces. De repente soltó mi nombre de adulta, mi nombre real: Mariela. Habíamos estado persiguiéndonos todo el tiempo, ella huyendo de mí, y nos olíamos, nos adivinábamos, y aunque dormíamos juntas, mi abuela no quería ser mi amiga. Pero de pronto: nada de diminutivos, dos adultas. Y no supe por qué.

Nos quedábamos calladas a veces, y no es que yo disfrutara con el silencio, que me resultaba insoportable, pero si era la abuela la que me acompañaba, entonces sí. Sin ella, en cambio, o con mi madre por ejemplo, el silencio me trastornaba, me asfixiaba. Una de las monjas que he conocido tiempo después tiene problemas de respiración y me cuenta cómo es quedarse sin aire, y así era exactamente ese silencio.

Con el tiempo descubrí que mi abuela no era tan dura como yo creía, como me había inventado, todo eran suposiciones; la mayoría de las cosas importantes que me pasaban formaban parte de mi propia interpretación, una capa que ponía encima de todo, como un velo de novia, imaginación o lo que fuera, y aquella abuela dura no era para tanto.

Creo que con el paso de los meses mi padre dejó de parecerle tan mal y de vez en cuando, si nos quedábamos solas, me decía que era igual a él, pero no físicamente, que era lo que a mí me interesaba saber, sino por dentro. Mi abuela se reconciliaba poco a poco con mi padre y también conmigo, y por eso pudimos acercarnos, porque ya no había enemigos dentro de casa. Ya no era como al principio, cuando mi abuela no decía, ni siquiera a escondidas, las palabras que yo más deseaba: tu padre. Hablábamos, y mi madre daba golpes en la pared por la noche para que nos calláramos, porque no había manera, pero nosotras nos reíamos como dos tontas porque éramos dos tontas.

—Ni caso. Anda, no te calles ahora.

Sólo los días en que la abuela aparecía silenciosa por el pasillo y yo andaba despreocupada hablando por hablar, sentía una punzada, una decepción. Seguía intentando impresionarla y si había sido un poco frívola, superficial, si había dicho algunas tonterías, o había hablado medio gritando, si me había enfadado por alguna injusticia y me había comportado como una niña, sentía vergüenza cuando después, ya sola, me daba cuenta. Entonces me pasaba varios días sin atreverme a mirarla demasiado, porque había dejado al descubierto una parte de mí que no me gustaba, una parte que no interesaba, poco inteligente. Y por dentro pensaba:

—Seguro que esto a mi padre no le habría gustado.

Pero después aquella primera vergüenza casi me consolaba porque me hacía sentir una niña, una cualquiera como las del colegio; tan corriente como mi padre cuando estaba muerto en la cama, que parecía dormido y normal. Una cría, como se dice. Me sentía tan bien, tan satisfecha. No era diferente, no tenía por qué ser siempre una huérfana inteligente ni que se notara.

Otra de las cosas que formaba parte de aquella forma mía de verlo todo, a mi manera, era que en el fondo estaba deseando que mi madre o mi abuela, o cualquier niño del colegio, usaran a mi padre para atemorizarme. Pero todos, en ese aspecto, y sin que fuera síntoma de amor a mi padre, me respetaron muchísimo. Yo hubiera preferido que, al comportarme mal, alguien hubiera alzado un dedo y dicho:

—Si tu padre levantara la cabeza.

Como se decía de los muertos temidos. Hubiera querido que usaran a mi padre como a un juez. Que lo nombraran y algo temblara dentro de mí. Pero ni siquiera para eso utilizaban su nombre. ¿Qué habría pasado si mi madre hubiera jugado con mi padre el fantasma, el ausente, el invisible, para asustarme, para hacerme daño? Si al menos hubiera sido así, si yo hubiera notado que mi madre lo recordaba, por sus errores acaso, no importaba, si hubiera podido comprobar que el paso de mi padre por la vida no había sido tan en vano, habría respirado, pero tuve que conformarme con lo que me dejó: el silencio de mi media orfandad.

Tardaron mis compañeros de colegio, todos con uniformes iguales, obedientes y ejemplares, tardaron en cogerle el gusto a mi desgracia. Hasta mucho tiempo después, casi un año, no se atrevieron a hacer referencia a todo aquello. Pero se comportaron, causando en mí un vacío más grande todavía del que se creó en mi casa, por las noches, o a pleno sol, cuando mi madre seguía con su vida y ni siquiera se molestaba en quitar las primeras flores (puro trámite) ya rotas, secas, muertas y abandonadas, que puso en la tumba donde nos hizo creer que había enterrado a mi padre.

Así que yo iba sola al cementerio, aunque a veces me acompañaba mi abuela, y pedía en el quiosco de la entrada unas flores para la tumba de mi padre. Y lo decía: flores para la tumba de mi padre. Porque necesitaba decirlo, decir que mi padre estaba dentro de aquella tumba y que yo, como una buena hija, le compraba unas flores para que supiera que no nos olvidábamos de él.

La mujer del puesto de flores que había en la puerta del cementerio, que sólo abría los domingos porque el resto de la semana tenía un pequeña tienda en el mercado, siempre era muy amable conmigo. Lo malo fue cuando un día, al llevar las flores, me acordé de cuando mi padre había estado tumbado en mi cama, muerto, y de pronto ya no. Entonces, ¿estaba mi padre dentro de la tumba en la que yo ponía tan mimosa las flores que le compraba a la señora? Le pregunté a mi abuela y me dijo que no sabía, y que además era pequeña para esas preguntas, aunque era mayor para otras y nunca se sabía si se tenía la edad adecuada para lo que una quería hacer. Así que yo iba al cementerio y buscaba el nombre de mi padre, sabiendo que ahí no estaba él, o imaginando que no estaba, y le dejaba las flores, que ni olían ni nada, aunque yo siempre hacía el gesto de llevármelas a la nariz y fingir que eran flores olorosas.

Mis abuelos habían ido pagando aquel nicho durante toda su vida, como si fuese su mejor inversión, y mi padre, ateo y rebelde como era, fue a parar ahí, al menos en la versión oficial. Su cuerpo sólo mi madre sabía dónde estaba, pero su nombre, igual que el de su padre aunque con el segundo apellido diferente, aparecía ahí, como uno más. Todo era tan falso, hasta mis flores. Y llegar allí y llorarle a una tumba vacía, completamente vacía, con tres nombres que, llegados a aquel punto, me parecían también falsos y desconocidos, llegar allí y encontrarme sin ese sosiego con que se encontraban los que iban todos los domingos, me ponía enferma (es un decir).

Por eso siempre acababa acercándome a aquel solar, el único sitio en el que sí sentía que estaba más cerca de mi padre, el único rincón de todo el pueblo en que su rastro, su huella, había dejado algún tipo de marca. Alguna vez llevé a aquel lugar las flores, me parecía más razonable. Su sangre allí, filtrada, la tierra bebiendo de él, me consolaba. Entonces sí me sentía una privilegiada y me tumbaba ahí mismo en el suelo, y miraba al cielo sabiendo que estaba vacío, pero lo miraba igual, y pensaba con gusto:

—¿Le gustaría a mi padre que me manchara el vestido así, aquí, con esta tierra…, le gustaría si él no hubiera muerto aquí, sobre este mismo suelo…, o se enfadaría si apareciera con este polvillo gris en la ropa…, le gustaría a mi padre yo, le gustaría como hija…, sabrá él que le guardo el calor?

Entonces fingía que yo también moría allí, como él. Sin saber mucho cómo había sido su muerte, intentaba imitarla. Me arrodillaba y me bajaba un poco las medias, cubiertas ya de polvo, cerraba los ojos y suplicaba un poco, con aullidos silenciosos por si pasaba alguien en aquel momento, y pedía por favor que no me mataran. Dentro de mí sonaba el disparo que desde casa sí oí, aunque todos me lo negaran, y me dejaba caer muerta allí mismo. Dejaba de respirar unos segundos, para ser fiel, como si estuviera actuando y alguien me viera y pudiera juzgar si mi muerte parecía real o no, y me imaginaba a una especie de jurado diciendo: oye, Mariela, nadie se cree esta muerte, ¡un poco más de dramatismo! Pero me entraba un ataque de pánico. Entonces, conteniendo el aire y notándome arder, sentía un miedo agotador, inconsolable, una inquietud como cuando alguien te persigue.

Decidí que aquel miedo extraño formaba parte de mi intimidad, de una intimidad que compartía con mi padre, así que no pensaba contársela a nadie, ni a la abuela. Supe que si lo compartía con alguien mi padre acabaría por no dolerme, su muerte se convertiría en algo banal. Sólo una consecuencia de estar vivo, sólo eso. Y en el fondo aquel miedo ingenuo me acompañaba y me hacía sentir muy humana. Si le hubiera contado a alguien lo que hacía en el solar, el fantasma habría desaparecido. Habría caído en manos de la compasión y las atenciones, me hubieran convertido entre todos en una niña inmadura y consentida, mimándome todos por lástima. Y, con el tiempo, me sentiría tan bien en mi desamparo que olvidaría por completo eso terrible que había ocurrido en nuestras vidas de pronto: que mi padre, la persona que me trajo a este mundo junto a mi madre, que mi padre, la mitad de mi corazón, mi padre ¡había muerto! Era increíble pero así era.

Mi padre había muerto.

No, lo habían matado, que era mucho peor. Y necesitaba saber por qué y yo misma empecé a buscar las respuestas. No esperaba nada de aquella búsqueda, ninguna revelación, pero de todas formas las busqué. Y lo hice por mi cuenta. Sin ayuda de nadie. Lo que yo quería era dar con las claves del asunto y poderme dedicar a mi vida y a lo mío, que no sabía aún qué era. Quería acabar con la búsqueda y estar tranquila como tranquila se está cuando por fin sabes la verdad.

Aquella madurez que me dio la orfandad fue importante para mí porque entonces me sentí responsable de todo lo que me pasara, y aunque no me pasara nada, yo me sentía responsable y aquella responsabilidad me hacía sentir adulta y mirar así como miraba, que todos decían lo madura que me había vuelto, aunque nadie dijera que era por mi media parte huérfana, la que me había dejado mi padre.

En un ejercicio del colegio en el que cada uno de nosotros debía interpretar algún personaje de las fábulas que nos habían contado, los niños insistieron en que debía hacer el papel de la noche, del cuervo, que se representaba vestido de negro, es decir, de luto. Aunque me negué, ellos seguían insistiendo. Debía ser obligatoriamente el cuervo y reían un poco y reían también los que estaban cerca oyendo la conversación. Con los días, un niño de mi clase se acercó y me abrió los ojos, me mostró la primera hilacha.

Como no se sabía quién había matado a mi padre, todos empezaron a decir que yo era la muerte, y mi madre y la abuela. Las tres, como siempre. Los chicos bromeaban y decían que éramos la muerte, que las tres éramos la muerte, que habíamos acabado con los hombres de la casa, con los que se atrevieran a acercarse, menos mi tío que se escapó a tiempo. Y por ese motivo yo debía ser el cuervo, la noche: también la representación de lo oscuro, de la muerte, lo infinito.

—Además que los cuervos son negros, y tú, toda de luto, no tendrás ni que buscarte disfraz.

El niño dijo algo más, algo importante:

—Yo sé que no tenéis nada que ver tu madre ni tú, yo sé que a tu padre lo mataron porque era un rojo de mierda y nada más. Es lo que dice mi padre.

¿Cómo puedes estar tan seguro?, le dije. Y nunca más volvió a dirigirme la palabra. Por mi parte, guardé la palabra *rojo*, que significaba algo más que un color, la guardé con cuidado. Mi pobre padre, un padre de mierda y rojo (es un decir).

A estas sombras de mi pobre padre —que resultaban reconfortantes, porque por poco que fuera, me acompañaban— y a mis propias sombras, se le sumaron las de la edad. Con más de once años muchas de las niñas que iban conmigo al colegio empezaron a sufrir un cambio no sólo en sus cuerpos, sino también en sus mentes. Así que me sentí, si cabe, más sola todavía: mi cuerpo aún era el de una niña, una estúpida niña que no quería serlo, o que quería serlo tanto que no se diera cuenta de que era una niña porque le daba igual. Pero en mi cabeza era evidente que también existían cambios, una evolución vertiginosa, aunque jamás se me ocurrió abrir la boca ni comentar nada de lo que pensaba.

Era desolador comprobar que, aunque tampoco era mi intención, nadie a mi alrededor tenía pensado hacerme el menor caso. Temiendo al principio convertirme en el objeto de burla o en el blanco fácil tras la muerte (misteriosa hasta el momento) de mi padre, pasé a un segundo plano en cualquiera de las vidas que me rodeaban. No sólo no fueron crueles conmigo los niños, con una excepción, sino que fui una más: una niña simple y quejica. Ahí lo tienes, Mariela: eres una chiquilla, como otra cualquiera. Seguían diciéndome que era muy madura, lo que me distinguía del montón, pero incluso aquella novedad dejó de serlo y después de algunos meses ya nadie volvió a mencionarlo.

Entonces ocurrió algo extraño, o quizá debería decir extraordinario, y es que una niña empezó a seguirme por donde fuera. La primera vez que la vi pensé que eran imaginaciones mías, pero resultó ser una niña caprichosamente real que me seguía, una niña incomodísima. A veces me seguía hasta casa, y entonces la abuela se ponía a temblar, tiritaba incluso ante la presencia de aquella pequeña que parecía traída de cualquier infierno, a juzgar por la cara que se le ponía a mi abuela y, aunque mejor disimulado, también a mi madre. La niña aparecía y todo se paralizaba.

Una vez, comiendo las tres en la mesa pequeña de la cocina, que en la cocina había una ventanita que daba al patio, la vimos trepar por la pared que quedaba demasiado baja para los más traviesos de la calle. La pequeña no parecía de esos que entran en el jardín para robarte cuatro naranjas y pisotear lo que hay plantado en la tierra, incluso para llevarse alguna gallina con miedo (miedo la gallina y miedo el ladrón). No. Aquella niña pequeña que no lo era tanto, aquella niña no quería nuestras cosechas, no quería nuestras naranjas, no quería gallinas: nos quería a nosotras, me quería a mí o a mi abuela o a mi madre. Lo que fuera, aquella pequeña, como yo, andaba buscando algo que nadie estaba dispuesto a darle.

La abuela le hacía así con la mano, como echando a un perro que se mea en la pared de la fachada; lo hacía pero desde dentro de la cocina, sabiendo que la pequeña no podía verle la mano, escondida debajo de la mesa, que aquello sólo era un deseo. Mi madre la miraba y seguía comiendo, sin darle importancia, aunque en realidad sí se la daba. Un día dijo:

—Mamá, no te pongas nerviosa, si es lo que quieren, si te creo todo lo que me dices, si es verdad lo que dices, es lo que quieren, así que basta.

Debí haber preguntado quiénes, quiénes querían que nos pusiéramos nerviosas, quién osaba intimidar a la abuela, segura de sí misma como era, una señora. Quiénes eran. Qué querían. Por qué lo querían. Pero me callé igual que callé el resto de las dudas que me fueron surgiendo. Yo miraba a la abuela y quería descifrar lo que había dentro de su melena plateada, una melena impecable.

Aquella noche la abuela tardó mucho en venir a la cama y me impacienté. Veía cómo entraba por la puerta medio abierta (tuve que levantarme varias veces para dejarla ajustada, sólo ajustada, porque cada tanto mi madre se paseaba por allí y la cerraba del todo para que yo no pudiera oír nada de lo que decían) la luz del salón, veía cómo se filtraba por ese hueco pequeño, por donde se colaba la verdad pero sólo a medias. De ahí me llegaban sus voces, confusas, en susurros.

—Pero, mamá, ¿tú te has visto, te has visto cómo estás? Si te vieras te avergonzarías. ¡Si te vieran! ¿Cómo puedes ser tan blanda? Anda, anda, anda. No se te ocurra irle a nadie con este cuento, porque no es otra cosa que un cuento y además desagradable y tonto, porque yo hay noches que me convenzo y sí te creo y también sufro, pero después lo pienso y... mamá, que es una locura, que te lo inventas todo. Pero si fuera verdad. Si fuera verdad. Que venga ahora la cría aquí, al patio. Es lo último que me esperaba, pero la culpa es nuestra, la culpa es nuestra por confiar en que van a dejarnos tranquilas aquí a las tres, si no hemos estado tranquilas nunca en la vida. Pero ¿tú te has visto? Mamá, por el amor de Dios, no quiero verte llorar nunca más por este asunto. Me enfadaré como sigas así. Mírame. Haz el favor de mirarme, que no soy ninguna extraña. Anda, anda, anda. Deja que te abrace. No seas tonta… que eres más tonta…

De pronto la abuela era otra persona, era una persona tonta aunque a mí no me lo parecía. No necesitaba verla así y prefería seguir pensando en cómo era la abuela con su silencio y su sola presencia. Pero por la rendija de la puerta se filtraba el lamento de una mujer, una mujer intimidada, una vieja.

Me pregunté si el abuelo era quien quería poner nerviosa a la abuela. Y pensándolo y observándolas me di cuenta de que cada vez que él aparecía en una conversación, la abuela se volvía más y más pequeña, se achicaba. Debía de ser él, entonces. Pero ¿por qué iba a querer tal cosa aquel hombre? Era imposible, un disparate, porque no se sabía si mi abuelo estaba muerto o no, aunque decían que sí pero la abuela insinuaba que no, pero como sólo lo insinuaba yo no me atrevía a creerlo; los nervios tenían que ser por otros motivos. Unos motivos que, además, nunca iba a descubrir gracias a ella.

Yo no me atrevía a preguntar ni la abuela tenía intención alguna de aclararme qué ocurría en mi casa o, precisamente, lo que no ocurría. Y en el fondo hubiera sido sencillo no hacerme preguntas sobre nada de lo que estaba pasando, en realidad era fácil obviar que había secretos que debían guardarse incluso sin tenerlos y convivir con ellos sin ningún problema, y era fácil porque en general ellas se comportaban como si no pasara nada y bien mirado no pasaba nada. El primer impacto, el primer chispazo de curiosidad sí era urgente y febril, pero después amainaba y me convertía en la señorita que todos querían que fuera: una que no preguntaba, una mojada.

Pero me empeñé en saber. Intentaba separar el grano de la paja, saber qué era importante y qué no, averiguar todas aquellas suposiciones de mi madre y mi abuela y convertirlas en una posible historia, indagar, buscar, contrastar los rumores, ordenarlo todo para asimilarlo después y empezar a *ser*, porque tenía la certeza de que mi aprendizaje, todos los pasos que yo debía dar hacia delante, todos y cada uno de ellos, debían pasar por ese trámite que era saber de dónde venía, aunque fuera para olvidarme después.

La vida seguía tranquila a los once, toda una señorita, una señorita medio huérfana. Verdad es que la abuela se inquietaba por el abuelo (era una de mis teorías) pero yo apenas conocía a ese hombre ni sabía de dónde podría venir, ni adónde fue cuando se marchó o si estaba muerto; mi madre en cambio no echaba de menos a mi padre y hacía como si no pasara nada.

Esperaba del pueblo que me resolviera alguno de aquellos misterios que rodeaban a mi familia, porque la verdad es que la envolvían como un manto, como cuando sacan a la virgen y va envuelta en flores, y al pasar la gente va añadiendo flores lo mismo que nosotras, que íbamos pasando y la gente añadía misterios. Porque en el pueblo decían cualquier cosa, como que la abuela había matado al abuelo y que por eso estaba sola; se decía que mi madre fue la que mandó que mataran a mi padre, se decía que la abuela tenía un amante y el abuelo decidió irse a la guerra para no sufrir más, se decía que mi madre estaba enamorada de, precisamente, el asesino de mi padre... Había rumores para todos los gustos.

Quería crecer tanto, entonces..., quería abarcarlo todo. Y era poquísima la información que tenía, así que iba arañando de cuanto podía, pero siempre me parecía poca cosa. Quería crecer, ser alguien respetable que tomara decisiones y supiera, saber de verdad, no como entonces; quería ser una mujer y a lo mejor ponerme un cigarrillo en la boca y hablar echando humo, aunque estuviera mal visto, y también tener un mechón de pelo rebelde y moverlo hacia atrás, acumular algunos tics como darme un toquecito en la nariz aunque no me picara ni estuviera resfriada, ser una mujer y que no se me reconociera por ser la hija o la nieta de, ni la medio huérfana. Ese tipo de mujer, y saberlo todo. Bueno, todavía quiero ser una mujer, pero al menos ya sé algo.

Como entendí que si fuera por mi familia, o lo que quedaba de ella, no me iba a enterar de nada, empecé a buscar la vida por otros lados, porque en algún lado debía de estar. ¡Una mujer! Las mujeres siempre tienen acceso a la vida, aunque después renuncien a ella. Necesitaba amar a un hombre, por ejemplo, o que él me amara y a mí me pareciera un pesado, o un hombre casado que me prometiera cosas que después no pensaba cumplir, que era lo que siempre se oía por ahí, como a la prima de no sé quién, que se quedó embarazada de un hombre casado y después nada, y el niño iba sin apellido, como decían, pero apellido tenía aunque fuera el de la madre. Hacer lo que hacían todas: casarse, tener hijos ilegítimos o no, y después pasar el resto de tu vida quejándote por lo que sea.

Al darme cuenta de que era todavía pronto para todo aquello, pensé que lo mejor sería empezar echándome un novio como el resto de las chicas: almacenar cartas, ponerme nerviosa, preocuparme por si la camisa se transparentaba o no se transparentaba, si se transparentaba el sujetador o tendría que empezar a quitarme la sombrita que asomaba del labio superior. Eso iba a hacer.

La primera vez que besé a un hombre, bueno, a un chico, fue a los doce, camino de los trece. Era un pequeño hombre, por eso lo decía; el hombrecito con los ojos más tristes que he visto nunca, y si digo ojos me refiero a que todo él era triste y conmovedor. Tenía dieciséis años y era el hijo del maestro que le daba clases particulares a mi vecina. Algunas tardes el hombre, me refiero al padre, venía solo, pero otras se traía a su hijo, que, acalorado y harto de aquellas clases, salía a la calle y pasaba así la tarde.

Es cierto que en mi vida había varones: tenía profesores, tíos, algún que otro primo, vecinos, gente por la calle, compañeros de colegio. Pero pocas eran las veces que un hombre, desde que mi padre *faltaba*, estaba tan cerca de mí sin otro pretexto que ése, estar cerca de mí. Lo miraba los primeros días como si fuera algo extraordinario, sinceramente extraordinario, que no pasaba nunca.

Al principio lo que me llamó la atención fue sólo aquello, sentir la presencia de un chico en mi casa, o en la puerta, para ser exactos; después me acostumbré, porque somos capaces de acostumbrarnos a cualquier cosa, incluso a la muerte de un padre te acostumbras, tengas once años o no, seas una señorita o no, te acostumbras a cualquier barbaridad, y si además esa barbaridad es un chico que probablemente te va a besar, tu primer beso, más rápido te acostumbras.

Lo malo de acostumbrarse es que después lo que ha sido extraordinario se convierte en algo normal y con lo normal siempre pasa lo mismo, que te aburres. Me parecía un aburrimiento, lo más aburrido que podía pasarme. Pero a pesar del tedio que me producía ver a aquel chico tan cerca, me gustaba el hombrecito un poco tímido, inteligente y, detalle importante que no pude pasar por alto, huérfano de madre. Era comprensible que me gustara, era aquella particularidad la que me había encandilado.

Precisamente por ser huérfano a medias, como yo pero a la inversa, Tico se veía obligado, las tardes que su tía no podía ocuparse de él, a quedarse en la puerta de mi vecina esperando a que su padre acabara con la lección. Cuando me atreví, le dije que con dieciséis años no hacía falta que nadie se quedara con él, pero me dijo que no le gustaba estar solo en su casa. Sentí de repente una curiosidad terrible por saber cómo era el otro lado, no menos penoso que el mío: cómo era que Tico, que se llamaba Vicente pero no le gustaba su nombre, muy al contrario que a mí, que sí me gusta Mariela, cómo era que vivía con su padre y nadie más, pasando algunas tardes con su tía, la hermana de su madre, pero nada más.

Hacía tanto calor en mi casa y mi abuela y mi madre me hacían sentir, casi siempre, tan prescindible, que salí a la calle y me encontré ahí con Tico, tirando piedras. Se le van a acabar enseguida, pensé. Porque la calle tenía piedrecitas pero no suficientes para entretenerse las tres horas que debía estar ahí, esperando. Como yo iba al río, que por aquella época iba mucho al río porque en el río nadie es huérfano ni feo ni malo ni travieso, en el río se es o no se es, y por eso me iba al río; como iba a hacer una pequeña excursión, ese día me llené los bolsillos de piedras amorosamente escogidas: redondas, pequeñas, todas muy parecidas. Y aquél fue el primer gesto amable que tuve con Tico. Cuando llegué a casa, solté las piedras a su lado como si se me cayeran y no le miré siquiera a la cara: había corrido tanto en el camino de vuelta, pensando que no conseguiría llegar a tiempo, que cuando le vi todavía sentado me ruboricé y era incapaz de mirarle, así que tiré las piedras de malas maneras.

Tico se quedó parado sin hacer mucho caso, pero después le espié desde una ventana de mi casa y vi cómo se apresuraba a recoger todas las piedras que yo le había tirado de malas maneras, y todo para no parecer lo que ninguna de las chicas quería parecer: una fresca. Para mi sorpresa, cogió todas y cada una de ellas y se las metió en el bolsillo, a excepción de una que se colocó en la boca y chupó durante el rato que estuvo esperando. De vez en cuando la sacaba un poco y se la volvía a meter en un movimiento rápido de la lengua. Me pareció un poco tonto, pero es que era tan bueno, tan ingenuo… que me daba pena, y más sabiendo, porque se lo había oído a mi abuela, que no tenía madre.

Como la mujer murió en la cama, la noticia había pasado mucho más desapercibida que la muerte de mi padre, así que tuve que esperar a que él me lo contara para poder hablar de su madre. Para entonces ya había algo en los ojos de Tico que me hacía quedarme todas las tardes con él, esperando a su padre, porque a su madre era imposible esperarla ya muy a su pesar.

A veces nos escondíamos, nos íbamos al río y él ponía la mano sobre mi pierna, pero eso ya cuando hacía casi un año que nos conocíamos, cuando teníamos casi trece y casi dieciséis años. La ponía ahí, caliente, y el calor traspasaba el pantalón en invierno y sudaba en verano mi pierna...; la dejaba porque una vez dado el paso de ponerla, no se atrevía a retirarla. Incluso cuando oíamos pasos o a alguien que nos llamaba, la dejaba ahí, como si no fuera capaz de darle órdenes a su mano porque estaba demasiado ocupado negociando con el miedo: al final era yo la que tenía que sacármela de encima y de malas maneras, como con las piedras. Tico me importaba, aunque fuera un poco bruta con él, que era lo que más me decía: qué bruta eres; y tenía razón, pero no sabía hacerlo de otra manera.

Le hice millones de preguntas acerca de su tía, porque la había convertido en una especie de rival: otra mujer que cuidaba de él, otra mujer que estaba en su vida y conocía algunos de sus secretos. La tía de Tico era: gorda, bajita, gritona, le daba abrazos asfixiándolo contra sus pechos, olía a lentejas, le pellizcaba las mejillas y le decía constantemente:

—Te pareces a tu madre.

Tico se molestaba muchísimo, me lo decía, y yo no podía comprender por qué le molestaba, por qué le incomodaba parecerse a su madre y que se lo recordaran. Le decía que era herencia y con la herencia uno no se puede molestar porque es inútil y una pérdida de tiempo, y además es inexplicable. Lo único que significaba era que su madre era suya y de nadie más y tenía algo de ella dentro sin necesidad de besar la tierra y tragar un poco. Él no entendía y yo le contaba que cuando murió mi padre yo tenía once años y con once años, prácticamente una señorita, tenía la mala suerte de no recordar muchas cosas, porque había sido un padre ausente, por lo que fuera, por rojo de mierda (es un decir), y yo no le prestaba atención porque a los padres vivos uno no les presta atención pensando que se van a morir. Y además, además de saber poco, mi familia había borrado todo recuerdo de un plumazo, de malas maneras, que parecían en mi familia las únicas maneras.

En cambio a Tico le dolía su madre como la mano que dejaba muerta en mi rodilla. Él no la quería despacio y sin convencimiento como yo a la mía, él sentía devoción por ella, era su Diosa y lo era todo. La pérdida que suponía para él, su orfandad, era diferente de la mía; el luto, el duelo, todo era distinto pero yo necesitaba igualarlos para sentirme un poco menos sola. No estaba dispuesta a conocer a un medio huérfano como yo y permitir que nuestras historias se alejaran, porque ya bastante alejada estaba del resto: con Tico se normalizaba mi vida, los dos éramos normalísimos, los pobres.

Él comparaba a su madre y a mi padre con cualquier pretexto y yo me ponía a su mismo nivel, hablando con la misma pasión que él de su madre…, pero dentro de mí sabía que no era así, que mi padre había sido como un fantasma, un papel, una figura y además prescindible, porque siempre estaba por ahí haciéndose el rojo o lo que hiciese, que no lo sabía. Ante Tico fingía y le envidiaba por haber tenido una madre como la que tuvo, como la que tenía todavía a pesar de estar muerta, porque Tico la esperaba lo mismo que a su padre, aunque yo no lo entendiera.

Algunas veces conseguía hacerle llorar, pero era porque le

quería sacar información para después usarla para mí, para hablar de mi familia como él lo hacía de su madre y su tía.

—Cuéntame aquello de cuando tu madre conoció a tu padre, eso de que un día se encontraron y...

—Mariela, por favor.

—Yo te contaría si supiera algo de él, pero...

—¿El qué, lo de que le engañó porque pensaba que tenía dinero porque venía en bicicleta y llevaba reloj y gabardina y después era tan pobre como ella..., eso dices?

—Es que me encanta. Pero cuéntalo bien.

Así una y otra vez, una y otra vez. Utilizaba a Tico para poder superar mi propia pérdida: pero no la muerte de mi padre, no, sino la indiferencia que me hacía sentir mi familia, porque era mi familia la que me hacía sentirla, porque una familia normal era como la de Tico, aunque tuviera una madre muerta.

Las tardes eran eternas y agotadoras para ambos, volvíamos a casa exhaustos. Antes, cuando iba al solar, volvía confusa y un poco alterada, con la boca llena de tierra y la cabeza llena de historias que ya no sabía bien si eran verdad o mentira. Cuando conocí a Tico pasaba lo mismo pero era su madre la que me alteraba, aquella madre ideal, dulce. Por las noches pensaba en ella y ya me parecía imposible saber qué me había contado Tico y qué no, cuál de todas las historias venía de su tía y cuál se había inventado Tico para mantenerme a una distancia prudente de su madre, que no quería compartir conmigo.

Me pasaba días insistiendo y hasta chantajes le hacía, aunque después me arrepentía, me sentía mal, como cuando hablaba de más con la abuela y después me avergonzaba y me quedaba callada, con remordimientos. Con Tico igual, me pasaba semanas sin preguntarle acerca de su madre, ni siquiera de su tía, y me centraba más en nosotros, en la mano tibia que pesaba en mi rodilla, en los ojos de tristeza, en aquella piedra que algunas tardes se metía en la boca… Me sentía poderosa porque sabía que Tico era débil y yo no estaba acostumbrada a la debilidad.

Vicente, tuviera los años que tuviera, nunca iba a superar la muerte de su madre y me dio por pensar que para tanto sufrimiento, más le valía morirse a él también y no andar con aquella carga por la vida, desanimando a los demás y sobre todo desanimándome a mí, que ya bastante tenía con *lo mío*. La gente decía de nosotros: ya bastante tienen; y era verdad. El cariño que sentía por él se mezcló con lástima y las ganas de adueñarme de su desgracia.

Seguía con mis brusquedades, mis malas formas adquiridas por vía familiar, como una herencia, y a Vicente, que cuando me enfadaba le llamaba Vicente, no acababa de tener claro si le quería, si las mujeres sentían algo similar, ni qué clase de cariño era aquél…; por eso un día que puso su mano en mi rodilla y después la cambió de sitio para dejarla posada como si fuera un pájaro sobre mi hombro, como un loro ni más ni menos, los dos nos quedamos tan extrañados, sorprendidos. Días después confesó que esperaba por mi parte un rechazo, pensó que quizá me daría asco besarle en los labios o acercarnos ya como hombre y mujer (es un decir).

—¿Sabe tu padre que somos amigos, que a veces nos damos la mano o la pones en mi rodilla y nos gusta estar juntos?

Dijo que no, que no solía contarle esas cosas a su padre ni tampoco a su tía, que no solía contarle esas cosas a nadie, que en general no solía contar cosas y que en particular no solía pasarle nada que valiera la pena contar.

—Sólo a ti…

—Pero a mí no me quieres contar lo de tu madre.

Era reservado y vergonzoso y no pensaba contarle nada a nadie, mucho menos a la poca familia que le quedaba, y conmigo no pensaba compartir a aquella madre porque con los brutos nadie comparte las cosas delicadas, que con los juguetes pasa lo mismo, nadie se los va a dejar a un manazas.

Tico sabía bien qué era guardar un secreto porque siempre estaba solo o con su tía, no iba al colegio porque su padre le enseñaba en casa, así que prácticamente sólo me tenía a mí y tampoco podríamos decir que me tuviera.

Lo que yo quería era enamorarme de Tico, darnos besos y caricias, hablarnos con ternura y discutir, ser una bruta y él estar ahí, quieto, de esa manera que están quietos los que tienen miedo, de malas maneras; que él chupara la piedra y a lo mejor nos la pasáramos, como decían por ahí que se hacía con los chicles o los caramelos, que a mí me parecía una guarrada, pero Tico era limpio y nos podíamos pasar la piedra, más siendo una piedra del río, que es tan sano para todo.

Pensaba en aquello y a veces me gustaba y otras me horrorizaba, por eso algunas tardes me quedaba encerrada en mi casa fingiendo que me encontraba mal y lo hacía a propósito, para… no sé, para hacerle daño o algo así. Yo era una bruta y aunque después Tico siempre me perdonaba, al final me cansé de tanta bondad, porque la gente buena casi siempre cansa, qué pena, y las mujeres, qué pena, y la pena siempre acechando. Fue entonces cuando dejé a Tico, porque si hay algo que no soporto es la lástima.

Volví a ser una niña corriente a la que se le había muerto el padre o mejor, a quien le habían asesinado al padre; nada más. Desde que Tico y yo dejamos de ser amigos o novios o lo que fuéramos, me pasaban pocas cosas, y digo pocas por no decir ninguna excepto una resaca angustiosa, que se recogía y se ensanchaba, de la muerte de mi padre. Antes de Tico tampoco es que pasara gran cosa, pero después tuve la sensación de que me había estancado.

—Abuela, ¿me parezco a mi padre?

—Ah, yo soy malísima para los parecidos. Hay gente que hasta a los recién nacidos les saca parecido, pero yo...

—Es que se me está olvidando, abuela.

De mi abuelo, de lo mucho o poco que pudiera parecerse mi madre a él, tampoco se hablaba nunca, aunque más tarde supe que era imposible que mi madre se pareciera al abuelo. Una noche, antes de que la abuela viniera a nuestra cama supletoria, aproveché para registrar su cajón y encontré una fotografía escondida en el doble fondo, que ya era extraño que tuviera doble fondo. Entonces encontré la foto de una mujer que no había visto nunca. Se parecía a mi abuela pero no era ella, porque mi abuela tenía un lunar en la mejilla y aquella mujer no lo tenía. Tampoco era ninguna de las hermanas de mi abuela que yo conocía. Otro misterio.

De nuevo ocurrió algo extraordinario, otra vez la palabra extraordinario, tal cual: Tico una tarde apareció en mi casa, llamando a la puerta como cuando llegaba un poco antes y yo todavía no le esperaba en la calle, sentada donde las piedras. Lo encontré allí pasmado, mirándome y diciendo:

—Mariela, Mar..., me han contado que...

Cerré la puerta de golpe para que no pudiera seguir hablando.

—No sabes nada —dije.

—No sabes nada tú —dije.

Cuando en realidad deseaba decir: no quiero que sepas nada, primero yo. Porque por cómo venía, por la manera de presentarse, pensé que lo que iba a contarme era algo relacionado con mis búsquedas, mis descubrimientos, mis tesoros: rojo de mierda, asesinato, la pequeña, incluso la foto escondida de mi abuela. Había estado demasiado tiempo evitando que todo se resolviera de una manera sencilla, con una pregunta, con una respuesta a tiempo, aunque en realidad sabía que ni siquiera preguntando... En cualquier caso, no pensaba consentir que Tico me quitara ese privilegio, la oportunidad de llegar por mí misma.

No quise escucharle porque una tiene un orgullo y no lo usa solamente para cerrar las piernas cuando los amantes empiezan a subir sus sucias manos, que es lo que aconsejan las monjas. Con aquel encontronazo que tuve con Tico sentí que todo estaba a punto de pasar, que cada vez estaba más cerca, de qué, de algo, más y más cerca; estaba convencida de que aquello que tenía que pasarme, el estirón que le llaman, estaba a punto de pasarme, aunque fuera a pasarme por encima, como ocurrió.

Cuando un hombre alto, paliducho, con mucha barba y el pelo muy largo, con las piernas que parecía que iban a romperse, cuando ese hombre entró en mi casa una noche, completamente borracho, pensé en Tico y deseé haberle abierto la puerta y saber ya que aquello violento y brusco iba a pasarme. Intenté adivinar el parentesco, pero no tenía ni idea de quién podía ser ni a quién venía a buscar, si es que venía a buscar a alguien, ni qué venía a hacer, si es que venía a hacer algo, ni qué iba a pedirnos, si es que iba a tener el valor de pedirnos algo.

Pensé enseguida que traería noticias de mi padre, de su muerte, pensé que por fin aquel hombre nos daría el nombre de la persona que lo mató y podríamos vengarnos, pero no sabía ni siquiera si mi madre estaría dispuesta a hacerlo, aunque lo importante era que ya podríamos, aunque decidiéramos no hacerlo, ya podríamos.

Pero la cara que traía el hombre no tenía mucho que ver ni con mi padre ni con una buena noticia. Me metieron en la habitación y entonces viví las horas más lentas que jamás se hayan podido vivir en ninguna vida. Me quedé encerrada escuchando susurros en la cocina, que hablaban en voz baja para que yo no me enterara de nada. Me dediqué a repasar el poco rato que habíamos estado los cuatro en el salón, cuando miré a mi abuela y vi algo, lo que fuera que tenía ahí desde hacía tanto tiempo. Se miraron ella y mi madre con un gesto que, por parte de mi abuela, significaba: te lo había dicho. Y todo se me vino encima: no podía moverme, no podía irme ni preguntar, no podía comportarme de forma natural, así que me dio por reír. Y antes de que pudiera hacer más el ridículo, me mandaron a la habitación. Quién era el hombre extraño, estaba dándole vueltas en mi cama, quién era y qué había venido a buscar, por qué se movía por toda la casa como si la conociera, por qué me había mirado así, diría yo que con ternura. Y paf, paf, paf, el estirón (es un decir).

—Sé una buena chica, ¿eh? Que no te lo tenga que repetir, Mariela.

No puedo decir que me quedara en la habitación siendo una buena chica porque estaba aguzando el oído al máximo y además no dejaba de acercarme a la puerta para pegar la oreja; lo mejor de todo aquello era la sensación de que algo por fin había estallado, se había roto, y como cuando las cosas se rompen y se recomponen, ya nunca sería lo mismo y yo, la verdad, agradecía un cambio, el que fuese. A la abuela enseguida la oí llorar. De vez en cuando decía, un poco más alto:

—Lo sabía… lo sabía… es que lo sabía…

Lo repetía como si fuera un exorcismo y a mí me daba entre pena y miedo, porque la abuela, cuando mi madre la reñía, bajaba la cabeza como uno de esos perros callejeros a los que los abroncas un poco y se dan media vuelta con el rabo entre las piernas; pero ahora por lo visto la abuela tenía razón, y tampoco era mucho más reconfortante, porque estaba llorando…, y otra cosa no, pero mi abuela llorando me rompía el corazón.

Pensé tanto en Tico y tuve tantos deseos de que volviéramos a ser amigos, que me parecía mentira que le hubiera tratado tan mal y hubiera abusado tanto de la muerte de su madre. Pero Tico no estaba, mi madre no estaba, la abuela no estaba, y además por ahí andaba la voz de aquel hombre que intentaba la ternura y lo único que conseguía era ponerme de los nervios y además enfadarme porque mi abuela estaba llorando, y otra cosa no pero a mi abuela la quería de verdad y antes que oírla llorar, lo que sea.

Estuvieron toda la noche hablando y mandándose callar unos a otros para que no me enterara de nada, como si me hubiera enterado de algo alguna vez en mi corta y sobre todo flaca vida. Me quedé dormida tarde y a la mañana siguiente no conseguía despertarme para ir al colegio. Mi abuela no había dormido, por lo menos no conmigo en la cama, porque yo estaba ocupándola toda y no había señal alguna de que hubiera estado allí. Aun así, fue ella misma, queriendo aparentar normalidad, la que vino a avisarme como siempre. Desde la cocina gritaba mi nombre cada tanto, alargando mucho las vocales.

—Marieeeeela, hija, cómo te gusta dormir, levaaaaanta de una veeeeez y ven a desayunaaaar.

—Ma-ri-eeeela. Si tardas un minuto más no te va a dar tiempo, Marieliiiiiiiiiita.

—Haz el favor, Marieeeeeeeela, que se te enfría todo esto que te estoy preparaaaaaaaando y de aquí no te vas sin probarlo.

—Por el amor de Dios, Marieeeela, hija, a estas horas otros días andas ya por la puerta despidiéndote y hoy todavía ni te has levantado.

Su voz pretendía volver a la normalidad, recuperarla, pero había pasado algo importante (y malo, parecía). Se movía por la cocina con torpeza, deseando no estar, que era lo que deseábamos todos por entonces, no estar, pero seguía llamándome e insistiendo como cualquier otro día.

Cuando me acompañó a la puerta para mirar cómo me iba al colegio, parecía que se estaba despidiendo de mí, o al menos aquello era lo que yo quería entender de su gesto porque cuando uno cree que está viviendo momentos decisivos de su vida, le presta atención a cualquier cosa y de todos los gestos saca alguna conclusión, y la conclusión que yo sacaba era que mi abuela se estaba despidiendo de mí, una despedida angustiosa.

Durante toda la mañana estuve deseando que llegara la tarde para poder cruzarme con Tico. Estaba dispuesta a dejarme vencer, como la abuela, a dejar de lado mi orgullo, a que Tico me contara todo lo que supiera y todo lo que no supiera también, qué más me daba ya, y sobre todo que me dijera cómo lo había sabido, quién se lo había contado, todas las preguntas.

Cuando estuve ya en casa, la abuela me preparó la comida y las horas se hacían de una pesadez irritante, el tiempo parecía una provocación. En el ambiente había algo ineludible, había algo en todo lo que se respiraba en mi casa que era desgracia o despedida, todo eran cambios y todo eran silencios; de verdad, insoportable…, pero nadie decía nada y hasta la muerte de mi padre, si lo comparaba con aquella frialdad, me parecía una tontería, mucho más fácil de soportar.

Tiempo antes de que llegara la hora de dar la clase a mi vecina, ya estaba sentada en la puerta de casa, esperando a Tico, aunque en mi cabeza era Vicente porque me parecía más serio y la cosa se había puesto seria de verdad. A lo lejos vi a su padre, con un pequeño maletín que podría ser de médico pero era de maestro. Venía solo y las piernas empezaron a temblarme pensando: Vicente, Vicente, Vicente. Iba acercándose poco a poco, se arrastraba por la calle pesadamente hasta que llegó y acabó con aquella tortura que era verle llegar despacio. Se detuvo un segundo. Por un momento creí que me había reconocido, que sabía quién era, o que Tico le había dejado un recado para mí. Me miró y pensé que me diría por qué Tico no venía, pero se metió en casa de la vecina y no pronunció ni una palabra.

A veces pasan cosas así, que durante un rato todo parece cobrar sentido, como la despedida de mi abuela, y después aquella mirada o la respiración contenida o los segundos que estuvo ahí parado el padre te parecen algo, una señal, pero en realidad no son nada.

Corrí al río como aquella primera tarde y me llené los bolsillos de piedras redondas y muy similares entre sí. Tenía la esperanza de que todo volviera a empezar, de que la abuela no estuviera en casa tan triste, de que aquel hombre no hubiera venido nunca y de que Tico fuera otra vez un desconocido que pasaba las tardes sentado en la puerta de la vecina. Cuando volví a mi calle, enseguida me di cuenta de que allí, donde le esperaba, seguía sin estar Tico.

Me quedé pensando que no me importaba lo que ocultara mi abuela, porque haría todo lo posible por hacer como si aquel hombre no hubiera entrado nunca en nuestra casa. Estaba dispuesta, iba a disimular. Estaba más que dispuesta, dispuestísima. No me preguntaría nada más, ni a los demás ni a mí misma, y me ocuparía sólo de lo que importara y sinceramente lo que importaba de verdad era si la camisa se transparentaba, si me atrevía a escaparme una noche de casa, si era verdad que dos del colegio se habían besado en la boca y ese tipo de cosas. Hasta me puse a rezar.

Estaba dispuesta a muchas cosas pero no a quedarme aquella tarde sin hablar con Tico. De modo que me levanté y llamé a la puerta de la vecina y entré a un recibidor oscuro y muy pequeño. Cerré los ojos porque estaba temblando de miedo y al fondo se abrió una puerta que dejó entrar toda la luz del patio, provocando un contraste cegador. La criada de la vecina se acercó a mí vestida en sombra, y sólo cuando mis ojos se acostumbraron al cambio de luz, pude verle la cara y reconocerla.

—¿Desea alguna cosa, *señorita*?

Le pregunté por Tico y me dijo que aquella tarde y algunas más de las que quedaban de curso no vendría a esperar a su padre ahí donde nosotras.

—Ya me entiendes —dijo, sonriendo.

Pero no, no entendía absolutamente nada y además parecía que ella no iba a contármelo porque era tan obvio que no hacían falta más palabras. Se puso a escribir en un papelito y me lo alcanzó (era muy raro que una criada supiera escribir, a lo mejor también le enseñaba el padre de Vicente): era una dirección del pueblo, supuestamente donde Tico estaba. Así que salí disparada de allí y di con la casa inmediatamente, porque un familiar, uno de esos primos lejanos que no sirven para nada, vivía en aquella misma calle y me sonaba de alguna vez, de cuando la muerte de mi padre nos obligó a visitar nosotras a los familiares porque ya nadie se acercaba a nuestra casa. Una vez delante, no quise llamar a la puerta porque intuía, tras la sonrisa de la criada, que algo, de nuevo, algo no iba bien. Me quedé allí sentada como si fuera mi casa y mi calle, y esperé a que Tico saliera, o Vicente.

Casi estaba oscureciendo cuando se abrió la puerta a mis espaldas, como la boca del infierno. Me levanté rápidamente y traté de no estar demasiado nerviosa: Tico aparecería con su tía, porque daba por hecho que estaba en su casa, y podría presenciar aquel achuchón o pellizco de mejillas que tantas veces me había contado. Pero salieron, junto a él, que andaba con la cara un poco sofocada, salieron dos mujeres: se adivinaba una madre y una hija. Ambas le miraban de una manera que no me gustó porque no se molestaban en ocultar la ternura, unos ojos llenos de afectación, algo de veras repugnante que se deja para la intimidad y no para la puerta de una casa.

Cuando Tico me vio allí esperándole sin avisar, intuí su decepción, pero me quedé estoicamente sobre todo porque era demasiado tarde para hacer algo distinto. Se despidió alegremente de las mujeres hasta otra.

—¡Hasta otra!

Se colocó a mi lado y empezamos a andar despacio en dirección a mi casa. Yo pensé que el maestro todavía estaría con mi vecina y que por eso Tico me estaba acompañando, para ir a buscar a su padre y marcharse juntos a casa, para contarle a él cómo había pasado la tarde con aquella nueva familia que quizá iba a ser la suya, la de los dos, una con mujeres, con un nuevo parentesco.

Fuimos todo el camino callados, sin decirnos nada, yo acariciando las piedras que tenía en los bolsillos. A mí al final no me dio la gana de preguntar qué tenía que contarme el día anterior, tampoco quise contarle que había venido un hombre desconocido a casa y que mi abuela lloraba. A él en cambio se le notaba que callaba porque estaba cansado de que lo mareara, de que lo manipulara para que me lo contara todo; no estaba nervioso, caminaba a mi lado con tranquilidad, con una respiración pausada, resignada, como si cada respiración fuera un suspiro. Estaba ahí a mi lado y parecía, como por la mañana la abuela, que se estaba despidiendo de mí.

En las últimas veinticuatro horas todo parecía haber dado un cambio radical a mi alrededor y yo había quedado excluida de toda maniobra. Tico iba a mi lado por última vez y tenía esa certeza. Cuando entramos ya en la calle de mi casa, me cogió de la mano como solía hacer entonces, me la cogió y me dio un beso en ella con una elegancia que yo no le conocía, un respeto aprendido. Tuve la sensación de que era la segunda mano que besaba de esa manera en aquella tarde pero todo eran sensaciones y suposiciones. Me dejé coger la mano, le dejé mi mano porque estaba desbordada y con ganas de llorar. Cuando llegamos a la altura de mi casa, despacio quité mi mano de dentro de la suya y me detuve, pero él siguió caminando como si no hubiera ido a mi lado todo el recorrido, siguió andando con la cabeza gacha, con la mano que todavía se balanceaba un poco en el aire, sin decir nada, sin girarse. Así era el nuevo Tico, un desconocido (es un decir).

Cuando entré en mi casa, encontré a mi madre y a la abuela discutiendo. Todo apuntaba al mismo lugar, en la misma dirección: el mismo hombre, la misma barba cana y los mismos ojos que pedían clemencia, ayuda, con una boca apestando a vino, con miedo, pidiendo ayuda y clemencia con los ojos, con la barba, el mismo hombre.

—Ésta es tu casa y no tienes por qué marcharte —dijo mi madre, que no me había visto llegar—. Ésta es tu casa, y si alguien te necesita, que venga aquí, no tienes por qué moverte tú, no tienes por qué, por qué...

Empezaba a sollozar (por fin, mamá) y a pedirle por favor que no hiciera ninguna tontería, que lo pensara bien, que no era una decisión que se pudiera tomar así como la abuela la estaba tomando, sin pensar, que si sabía lo que le pedían, que si sabía en qué se estaba metiendo. Pero la abuela la miraba tan segura de sí misma, que ni rastro le quedaba de tontería. La abuela volvía a ser la de antes, una señora.

Por mi parte, no llegué a comprender la gravedad del asunto hasta que, al día siguiente, empezó a amontonar trastos y trastos por toda la casa, sobre todo en el pasillo: sacaba cajones enteros, doblaba su ropa, dejándola en los sitios menos apropiados, se pasaba el día abstraída, como si se fuera a la otra punta del mundo, decidiendo qué era necesario y qué no. Me senté a su lado para ayudarla y estuvimos unos días sin sitio definido, un campamento nómada, andando de un lugar a otro de la casa, ante el silencio punzante de mi madre, ajena a toda aquella parafernalia, de uno a otro, buscando, recordando, ordenando.

Me hablaba de *antes*, aunque lo suyo era cháchara más que discurso: por unos días, incluso pensé que iba por fin a saber algo, que para eso era ya una señorita, pero no.

Una tarde en que la abuela se fue a hacer unos recados, mi madre me cogió fuerte por el codo y apretándome los huesos furiosa me preguntó si sabía qué demonios estaba haciendo la abuela, si tenía idea de lo que estaba a punto de ocurrir: y no, no lo sabía, pero tampoco me preocupaba porque veía contenta y decidida a la abuela y por primera vez había alguien contento y decidido cerca. No. No sabía lo que estaba haciendo y aquello, en parte, era culpa suya.

No se le ocurrió entonces contarme los planes de la abuela y me pareció que así se vengaba. Mi madre iba enloqueciendo a medida que la abuela iba teniendo cada vez más cosas empaquetadas y fuera de nuestra casa, y aunque parecía que no importaba en absoluto, sí importaba, todo importaba.

—Abuela, ¿y adónde te llevas las cosas, dónde están ahora? ¿Por qué te lo llevas todo de noche?

—A donde pasaré una temporadita, hija. Me voy un tiempito y allí es donde me llevo las cosas, que es donde tengo que estar ahora mismo, que la vida es así.

Yo pensaba entonces que sería un lugar maravilloso al que mi abuela escapaba porque se merecía escapar a un lugar maravilloso, pero todo resultó ser más mediocre: todas sus pertenencias estaban en otra casa y allí debía cuidar a una enferma a la que yo no conocía, a la que ella tampoco conocía.

—Pero cómo, abuela, ¿cómo que vas a cuidarla, quién es esa mujer y por qué tú, por qué vas a cuidarla tú, y cuántos años tiene, por qué está enferma, desde cuándo…, se va a morir?

—Anda, no hagas tantas preguntas que todavía eres pequeña para saber… Hay una mujer que está muy enferma, Mariela, y no tiene quien la cuide; su esposo, aquel señor que vino la otra noche, me ha pedido que yo lo haga, y yo voy a hacerlo. Nada más, es con eso con lo que tienes que quedarte, señorita, no seas tan curiosa, ¿eh?

—¿Y por qué no la cuida su marido?

—Porque no sabe.

—¿Y tú sí sabes, abuela, sabes curar a la enferma?

—Pues voy a intentarlo, hija.

Qué podía saber yo entonces, pero me parecía que cuidar a una mujer enferma de la que no sabíamos nada, o por lo menos yo no sabía nada, no merecía la pena, por mí como si se moría, qué más me daba a mí la enferma aquella si mi padre estaba enterrado no se sabía dónde; no estaba dispuesta a dejarla ir por cualquier cosa. Era sólo una mujer enferma que requería la ayuda de la abuela, una cualquiera. Y a mí qué me importaban la enferma y su marido. Una mujer y nada más, yo no tenía que ver con su pasado, con recomponer una historia; no, nada, sólo una mujer. Pero ¿por qué mi madre estaba tan ofendida? No era capaz de entender nada y de nuevo volvió Tico, como cada vez que me sentía sola, volvió Tico a mi cabeza. Ahora, sin la abuela y sin él, qué.

—Abuela, ¿es que no vamos a poder ir a verte, ni a ti ni a esa mujer?, ¿es que te marchas y no vas a volver, es que no vendrás a verme, como… como el… (abuelo)?

—Eso no se sabe, Mariela…; no te impacientes, hija, que te impacientas.

La noche en que la abuela anunció que ya por fin se marchaba de casa, estaba en la puerta con un par de maletas pequeñas, peinada como los domingos y con el rosario en la mano, dando golpes secos y sonoros en la piel del macuto. Estaba ahí parada, sonriendo, esperando que alguna de las dos fuera y la abrazara, le deseara suerte o le dijera siquiera adiós. Mi madre no tuvo tacto alguno, y apartándola como si no la conociera, como si fuera una mujer desconocida, la echó a un lado y se marchó a la calle, dejando la puerta entreabierta. La abuela se me acercó y con toda la dulzura va y suelta:

—Marielita, tendrás que cuidar de tu madre, ¿eh? Que no está bien, la pobre.

Se marchó. Dijo *la pobre* y se dio la vuelta y se fue. No me besó, no puso su mano en mi cabeza, como bendición, que lo hacía algunas veces, no me apretó contra su cuerpo como por la noche, ni me dijo nada más. Dijo *la pobre* y se fue. Pensé que mi abuela se estaba muriendo.

Cuando se fue, también sin cerrar la puerta, como mi madre, creí que iba a desmayarme, que me iba a caer de un momento a otro al suelo. Las piernas me fallaban y no podía aguantarme, pero las señoritas… ya se sabe con las señoritas, que aguantan cualquier cosa, lo que sea, sin matices, hasta aquello, hasta una muerte, hasta un abandono.

Volví a dormir sola, recoloqué y organicé todo para que estuviera como antes de que la abuela se instalara de forma definitiva. Todo se volvió espacioso y estúpidamente grande, inútil. Me pasaba tantas horas dentro, sola, pensando en cómo salir de aquella situación, que lo que unas veces me parecía enorme, otras se me hacía asfixiante. La escasa comunicación con mi madre se volvió inexistente, y si alguna vez intentaba darle conversación, me decía que me callara, que me parecía a mi abuela hablando y no quería saber nada de ella. Todos decían que me parecía a mi abuela menos mi tío, que decía que era igual a mi madre. Claro que me parecía a mi abuela hablando, porque era la única que decía algo en aquella casa, que si hubiera sido por mi madre mejor calladita siempre. Y es lo que consiguió.

Las clases estaban llegando a su fin y me esperaba el verano más largo de todos los que había pasado hasta entonces. Desde que acababa el colegio hasta que llegaban los niños de la ciudad para visitar a sus familiares, pasaba casi un mes: treinta días en los que pensaba que iba a caer enferma y no iba a tener a quien recurrir, tanto que la idea de enfermar se volvió una obsesión.

No pasó nada de aquello, ni enfermé ni nada, por supuesto, y aunque el tiempo jugaba en contra y mi ansiedad era cada vez más insoportable, el verano de verdad llegó y con él la liberación: mi madre ya no importaba. Viví una libertad extraña aquellos meses estivales: todos venían de la ciudad tan aprendidos, tan mayores, y yo tenía tanto tiempo y tantas ganas que por fin me hice mayor con todos aquellos adolescentes que venían con hambre, con deseos de dejar lejos las ataduras que se tienen en un lugar grande, dispuestos a enseñarnos a los que vivíamos todo el año en el pueblo lo que habían aprendido, lo que les había cundido el año desde que no les veíamos, y nos contaban tantas cosas que la abuela no era más que un espejismo como el de mi padre: abuela mojada, padre mojado, todos mojados. Y mi madre también mojada, trabajando en el campo de sol a sol. No porque lo necesitáramos, no porque fuéramos más pobres que antes de la abuela…, pero aquélla era su extraña forma de evadirse, trabajando duro, concentrándose en la tierra, entregándose a ella con devoción.

El verano fue un espejismo que acabó con la noticia de que Tico pronto se iba a casar con una joven porque ella se había quedado embarazada y tenían que apresurarse. Pensé que aquello que quiso contarme cuando llamó a mi puerta quizá tuviera que ver con aquella boda, con aquella nueva familia a la que se había visto obligado a formar, o eso me gustaba pensar.

Al momento sentí que me dolía no haber sido yo la que hubiera visto por primera vez el cuerpo desnudo de Tico, la que se hubiera colocado tibiamente bajo él, temblorosa, iniciándose, pero me consolaba pensar que su esposa sólo le haría de madre, sólo le trataría como si fuera una madre, porque Tico sólo necesitaba eso, que le cuidaran. Y sentí lástima y lo dije en voz alta, porque era la primera vez que la sentía yo.

—En el fondo me da pena, el pobre (es un decir).

Que yo, por lo menos, cuando le conocí, era joven... y no es que fuera muy guapo, que muy guapo nunca ha sido, pero de jóvenes todos tenemos nuestra cosa, todos, de jóvenes; yo tenía unos tirabuzones que me llegaban hasta el trasero y mi madre no me los quería cortar de pena como le daba que mis otros hermanos habían tenido piojos y les tenían que rapar la cabeza, así que yo cargaba con aquella melena como una princesa orgullosa, y todas las mujeres, pero qué pelo, hija, pero qué pelo, y no es que fuera muy guapa yo tampoco, pero era joven, tan joven, y tenía tantas ganas de hacer cosas que aquello se debía de notar en la cara porque antes, los jóvenes, teníamos tan pocas puertas abiertas que nos conformábamos con cualquier ventana que hubiera, y cuando le veías la cara como si hubiera pasado un viento, como si hubiera un volcán en sus ojos, ahí te ibas, ahí, no a una cara bonita, que los había que también, pero sobre todo queríamos eso, que alguien tuviera tantas ganas de vivir como nosotros, y éste, este sinvergüenza guapo no era y viento en la cara no tenía, pero hablaba tan bien que yo pensaba que tendría dinero, que sería de buena familia, el bobo, ya me entiendes; también estábamos necesitados de todo, y le vi como si fuera un señorito, que además era sábado por la noche y verano y el sinvergüenza iba bien arregladito para ver si aquella noche pescaba, y ahí estaba yo como una tonta, esperando el anzuelo...

Pero era joven, mujer, muy joven era, y estaba poco gastado, todavía le quedaba frescura y tiempo, pero qué me dices de ti, ya viejo, arrugado, que te fijaste en él yo no sé cuándo, así, tan raído ya, con mujer, con una hija, no sé qué pudiste verle pero en fin, caímos las dos al final en el mismo cubo de pesca, sólo que a mí, por más que aleteo ya, no me queda nada. De todas formas, a mí algo se me disculpa, ahora que se ha ido un rato porque es de noche, a mí se me disculpa que era joven y aunque guapo no acababa de ser, tenía algo, tenía al menos una furia salvaje, como si fuera un potrillo que justo en ese momento lo sueltan, ¿te lo imaginas?, si a ti te gusta así ya, con ese resentimiento que tiene en los ojos, imagínate lo que te hubiera gustado entonces, cuando me tocaba a mí seguirle el ritmo, mucho más rápido que el de ahora.

Pero, en fin, qué vamos a hacerle, quién elige nada en esta vida, ahora estamos las dos aquí y si no llega a ser por el sinvergüenza no te conozco, aunque más valía no haberte conocido, hija, que menudo disgusto me has dado, aunque no te enteras, que estás ahí en la cama que pareces, no muerta, más que muerta, mucho más, que gitana como eres y fíjate qué color, que das hasta un poco de miedo, o de asco, qué voy a saber yo. Cuando te vi, antes de entrar a la habitación, él me detuvo el paso con la mano y me dijo: es gitana, y yo le dije: como si es la virgen, la traición es la misma, pero se refería a que igual yo me esperaba a alguien, una conocida, y eras tú; hombre, claro que no me lo esperaba, pero puestos a cometer la locura, qué más me daba el color de tu piel y de dónde vengas, ¿no lo ves tú así?, pero de gitana ya tienes poco, tienes más de enferma, de muerta, que de gitana…; lo que hubiera yo dado para que padeciera este hombre por mí como lo hace contigo, si le vieras la cara cuando entró en mi casa, después de tanto tiempo pensando que estaba muerto, anda, muerto dice, no me lo creí nunca, qué me iba a creer, demasiados años ya llevo aguantándolo para saber cuándo miente, pero pensaba que se habría ido muy lejos y estaba aquí, el tío viejo, con una gitana, y ahora la gitana se pone enferma y aquí estoy yo, velándote, fíjate lo que tiene que haber sufrido el hombre, que ha acudido a mí, en la vida se le hubiera ocurrido pedirme ayuda, ni con esto ni con nada, también te lo iba a decir, que era muy orgulloso, aunque igual contigo se ha ablandado, qué sé yo, hasta el punto de venir lloriqueando, sí, mucho tienes que haberlo domado, con lo imposible que parecía y fíjate, con una gitana, con todo este esconderse y sufriendo ahora como está por ti, deben de ser esas caderas que tenéis las gitanas, porque no me lo explico, vamos, sin desmerecerte, pero qué quieres que te diga, a cada uno le duele lo suyo, algo tengo que decir, no es sólo que tengas las caderas, mujer, y además, ya ni eso, que te has quedado como una ramita de árbol, hasta del mismo color, y todavía erre que erre está, preocupado, de un lado para otro, intentando que te recuperes, debe de ser que no son sólo las caderas, pero y qué puedo saber yo qué es.

Si lo hubiera sabido, se lo habría dado, o, vete tú a saber, a lo mejor no le habría dado nada a propósito, y que se hubiera ido, hala, adiós muy buenas, por la puerta por donde entramos como dos tórtolos, que tampoco es que me haya ido tan mal, no he sido tan rápida como él que ya ha encontrado a otra, o no la encontró rápido, sino antes incluso, no lo sé, no he querido preguntar, pero si lo llego a saber yo todo esto, vaya que si no me agarro yo a un buen mozo, que a nadie le gusta estar solo, oye, y a mí menos que a nadie, que también me gusta estar en compañía y sólo la poca familia que es una hija y una nieta tengo, y ni eso, pero ésa es otra historia, mira si hubiera estado bien teniendo otro hogar, otra vida, eligiendo, no como ahora que me he quedado en nada, que no sirvo, si lo llego a saber antes, hijita, si llego a saberlo no estoy ahora aquí a los pies de tu cama hablándote como si pudieras escucharme, estaría, pues no sé, en mi casa, bordando, hablando con el nuevo, no lo sé, aquí no, eso seguro, aquí no...; madre mía, de haberlo sabido, pero qué va a saber una, y además que qué bien miente, en eso sí que me has hecho falta tú para que me diera cuenta, pensaba yo que se las cazaba al vuelo, que si venía dinero de menos rápidamente se lo decía y él tenía que asentir con la cabeza gacha, como un tonto, que eso es lo que pensaba yo, que como un tonto, pero mira si se lo tenía calladito, el sinvergüenza, mira, tan calladito, y en mi casa, bueno, mi casa no, la casa de mi hija, que vaya otra la suerte que ha tenido con los hombres, de ahí que me fuera a vivir con ella, y ahora, esa nieta mía, esa pobre niña, pero a lo que iba, en casa de mi hija preocupada ella por su padre, ay, qué le habrá pasado, porque eso de que había muerto lo habíamos descartado desde el principio, pero pensábamos que algo malo le había pasado, o, bueno, mentira, una vez sí pensamos que se había muerto, la hija estaba convencida de que había sido su marido, bueno, que ahora está muerto, y muerto de verdad, y pensaba ella que había matado a su padre, porque lo que tenía ella era devoción por el padre, dicen que las niñas siempre tiran a ellos, no lo sé, pero la mía, lo que es la mía, se volvía loca con él, y siempre andaba diciendo que el marido le tenía arenilla al suegro por ese tema, arenilla, cómo le dirás tú, a tener celos, eso, tener pelusilla, que se dice también, y pensaba que lo había matado él por eso, en la guerra, ya ves tú, el pobre, que era rojo pero no idiota, por qué iba a matarlo, pero ella que sí, que ha sido él, que ha sido él, y no había manera de bajarla del burro.

Yo sabía que no estaba muerto, que iba a durar mucho éste por ahí por el monte a disparo limpio, con lo tozudo que ha sido para todo, no se iba a doblegar tan pronto; eso sí, pensaba que algo malo le había pasado, no de muerte, no en el cuerpo, más bien que se lo habían llevado o no lo sé, en contra de su voluntad, porque llevárselo, al fin y al cabo, te lo has llevado tú, te lo has quedado perteneciendo a otras, que somos la hija, la nieta y yo, pero eso sí, esta vez con consentimiento del señor, y yo cuando veía a la pequeña, que es tu hija, o la hija de los dos, qué voy a saber yo si he venido aquí como una ciega, que no veo, con la diferencia de que tampoco quiero ver, porque si veo, mujer, te quedas aquí en la cama y te mueres, que no quiero ver pues porque yo qué sé, porque no y punto, la pequeña venga a asomar, venga a asomar, y me daba a mí que tenía que ver con el viejo, me daba a mí y mi hija se enfadaba porque ella seguía con su versión, que si lo mató él, que si lo mató, que está muerto, pero qué va, qué va, cada una con la suya y, ya ves, finalmente, quién de las dos tenía más razón. Pero cuando lo vi...

Fíjate que cuando pensé que estaba muerto me di cuenta de

que nunca le había querido, quiero decir, que no le amaba, que nunca lo había hecho, así, como en los libros, que se besan y parece que van a desaparecer de este mundo, así yo nunca, que es normal, que después la vida es otra cosa de los libros, pero me di cuenta, cuando se marchó, se suponía que para siempre, de que no había, cómo te lo digo, que no había crecido en mí, como si él fuera una raíz y se enrollara por mis adentros, no estaba arraigado en mí, le tenía como a un hermano, como a un hijo, que se marcha, porque le llega la hora de echar a volar, y te duele, empiezas a extrañarlo, a valorar cosas simplísimas que no te dabas ni cuenta, yo le quería así, me di cuenta cuando lo creí muerto, cuando se suponía que moría, que me daba lástima todo el asunto, que no deseaba yo una muerte tan temprana para él, y que le iba a echar de menos, pues claro que sí, pero su compañía, ¿entiendes?, como eso, como un hermano, te pasas toda la vida con él, en casa de los padres, y cuando se va te entra la congoja, pero pronto vives sin él y que ni piensas; así le quería yo, como floja, pero después, cuando se presentó en mi casa, cuando vino y lloriqueaba y me hablaba de la otra, que la otra eres tú, me decía: sí le querías, sí, como en los libros, porque entonces, no lo sé, ¿eh?, sentí algo por dentro como si finalmente sí hubiera crecido dentro de mí, como si lo hubiera llevado todo este tiempo en silencio, sin darme cuenta, que a lo mejor es porque ya estoy mayor y me ablando, porque antes estaba ahí, el viejo, estaba y no le sentía, al principio me dolía, cuando lo creí muerto, que no le hubiera amado, pero después, todo lo contrario.

Lo que no me gusta es darme cuenta ahora de que sí, que creció y estaba dentro, imagino yo que porque hacía tiempo que me había hecho a la idea de que no estaría más a mi lado, de que no le vería, andaría por ahí y le verían, o muerto y no le vería nadie, la cuestión es que, yo, lo que se dice su esposa, nunca más, ni su hija ni su nieta; pero al verle ahora con esas greñas, esa barba fea, sucia, pensé, anda, míralo, eso que duele por dentro, ahí estaba, por fin lo encuentro, por fin siento que me marcó en su día como un buen animal de costumbres, pero para eso también has tenido que venir tú, chica, porque yo estaba ya acostumbrada a que no estuviera... y me parecía tan natural, no quererle, no echarle de menos, vivir sin pensar en él, que a veces, algunas noches, me daba asco de mí misma, por eso cuando le vi, aunque fue un dolor muy grande y más que se presentó para hablarme de otra mujer, me vino bien, porque me sentí humana, me di cuenta de que no había perdido por completo todo lo que hace falta, pues no sé, lo que hace falta para amar de nuevo, y no es que me diera esperanza de nada, a ver si ahora esto va a parecer una novela de amor, una rosa, no, no hay esperanza, pero me ha devuelto algo que pensaba que había perdido, y eso, después de su supuesta muerte, es lo mínimo que podía hacer, digo yo...

Se lo agradezco, porque me ahogaba tanta frialdad, y a mi hija le va a pasar lo mismo, que ahora anda despreocupada, que ni se acuerda del esposo, pero si por una de éstas él volviera del mundo de los muertos, entonces, entonces se daría cuenta, pero eso a ella no se lo puedo explicar, que menudo genio tiene, en eso sí ha salido al viejo pero ésa es otra historia; yo me conformo, cualquier cosa me parece bien, pero ella es cabezota como su padre, y reconocer que al ver a su marido, su difunto marido, le dolería algo, eso ni aunque le dieran todo el oro del mundo lo reconocería, pero yo sé que sí, claro que tampoco vamos a poder comprobarlo, porque éste sí ha muerto de verdad de la buena, que lo vimos ahí tendidito, al pobre, en el solar del viejo colegio, ahí, y bien muerto que estaba... a puntito de empezar a oler mal, que yo aquellos días no dormí bien, porque estaba el cadáver ahí como dormido, fíjate, como tú ahora, lo mismo, pero muerto de verdad, muerto del todo.

Menudo disgusto, la niña, y para mí que desde entonces es otra, ha cambiado, aunque bien mirado, siempre fue especial Marielita, ah, esa pequeña, en menuda mujer se va a convertir si su madre, si el rencor de su madre la deja, menuda señora va a ser, una señorona, ésta no va a ser ni como yo ni como su madre, de eso ni hablar, ésta es diferente, imagino yo que habrá salido a su padre, que en paz descanse el pobrecillo, porque ése también era diferente, tanto que se pasó y por eso ha acabado como ha acabado, que no le hubiera costado nada subirse al carro, que nadie le hubiera señalado con el dedo, que no hemos sido pocos los que nos hemos subido al carro, claro que a algunos les ha costado más que a otros, a mí por ejemplo no me costó pensarlo ni un segundo, pero él no, él ni podía ni quería negarse a sí mismo, y eso es porque se conocía, porque sabía quién era; yo, en cambio, lo mismo me da ocho que ochenta, pero él sí sabía lo que andaba buscando, y de ahí no podías sacarlo, pero mira, eso por ir más allá de lo que la vida te viene exigiendo, por lo menos lo que me ha exigido a mí, que es la panza llena y la cabeza tranquilita, una buena cama y poco más, la familia cerca, sin pedir peras al olmo, ¿lo comprendes?

Sarna con gusto no pica, y para mí que murió, aunque no nos lo parezca a nadie, murió mejor que todos, porque murió convencido: tú, por ejemplo, ahí en esa cama, escondiendo a un hombre perdido en tu casa, con una hija que anda por la calle en busca de, pues no sé, de historia, de familia, de raíz, qué convencimiento puedes tener tú, con qué justicia mueres en esta cama, tan vacía toda ella, y que no es malo, tampoco, si hoy mismo me muriera yo...

Si no fuera porque ahora estoy aquí cuidándote, velándote en esta habitación a oscuras, con olor a enferma y orín, perdona que te lo diga, qué otra certeza podría tener, me muero y santas pascuas, se acabó, ley de vida; él en cambio era diferente, él sabía, y para mí que Mariela sabe, todavía no sabe que sabe, pero lo sabrá, y entonces la madre no podrá soportarlo y no sé yo cómo va a acabar ese asunto, para entonces ya no estaré, pero a ver, a ver, estas dos solas cómo se las apañan, cuando a mi hija la niña empiece a recordarle al marido, cuando empiece a ver que es diferente, que no le basta con lo que nos basta a la mayoría, cuando se dé cuenta de que no tiene límites, entonces se la llevarán los mil demonios, porque no se conforma, no comprende, no acepta, intentará, me lo imagino yo, sólo son imaginaciones, ¿eh?, intentará hacerla cambiar, ya que con el marido no pudo, con ella, y no fue porque no lo probara, una y otra vez, pidiéndole, ordenándole, rogándole, de todas las maneras, que se cambiara de bando, que fingiera, que nadie le delataría, que ya se ocupaba ella de hablar con las mujeres de los hombres de aquí, pero él con lo suyo...

Que me parece muy bien, en su día no, en su día a mí sólo me preocupaba que la niña y ella se iban a quedar al final viudas, huérfanas, solas, pero ahora, fíjate, ahora es diferente, a veces hacen falta estas desgracias para que los tontos nos demos cuenta de lo que vale todo, del valor que tienen lo que en principio me parecían tonterías. Ahora entiendo mejor al marido de mi hija, claro que ya es tarde, para entenderlo y para cualquier cosa ya es tarde, y por eso ella va a manipularla todo lo que pueda, para que no se convierta en su padre, porque le tiene miedo, no porque él fuera malo, porque era diferente y aquí lo diferente no se premia, se juzga, y no creo que eso lo quiera para su hija.

Una para sus hijos siempre quiere lo mejor, qué duda cabe, aunque a veces no se sepa qué es eso, pero lo mejor y para mí que lo mejor para una madre es que el hijo no se meta en problemas, y va a intentar que toda la magia que tenía el padre, todo eso que lo distinguía del resto, desaparezca también de ella, que con su muerte, más digna ahora de lo que me pareció en su momento, que con la muerte se vaya toda su huella, para que sea una chica como cualquiera y ya está, que parece fácil pero no lo es, pero Mariela, ay, ay, con Mariela tampoco va a poder, y yo le confío toda la suerte del mundo, todos los rezos, porque esta niña puede llegar lejos, y con que se mueva un poco ya va a llegar más lejos que muchos, porque tampoco hace falta gran cosa para destacar entre los de siempre, pero ella no, no se va a conformar, no se conforma ni siquiera con la madre que le ha tocado, y eso que no se puede elegir, no, ni mucho menos, no se conforma…, y hace bien, oye, hace bien, porque las mujeres de mi generación lo hemos estado haciendo desde que nacimos, obedeciendo a la madre, al padre, a la hermana mayor, al marido, a la hija… y, oye, que una se cansa de estar siempre a la entera disposición de lo que sea.

Si vieras cómo se ha puesto mi hija porque me venía, que

en el fondo la entiendo, venir aquí a velarte no se comprende se cuente como se cuente, pero, oye, tendremos que respetar las decisiones del otro, aunque no nos gusten, ¿no?, porque que yo sepa todavía no le he pedido nada, que me fui a vivir a su casa con todo el dolor de mi alma, porque estaba muy sola y aún con eso me aguantaba, pero me lo pidió porque ella no podía soportarlo, decía que me envidiaba porque había podido sobreponerme a la muerte del sinvergüenza, bueno, que ella no le decía sinvergüenza, pero fíjate, vivito y coleando.

Supongo que el cuerpo es sabio, más que yo, pero mucho más que yo, y por eso nunca acabé de sentir que moría, porque el cuerpo me decía, pero, mujer, cómo vas a derrumbarte ahora, si él está por ahí, viviendo otra vida, pero cómo vas a caer ahora, cuando más te van a necesitar seguro, ahora no puedes, tienes que ser fuerte; vaya, quién lo iba a decir, este cuerpo ya cansado y flojo, lo que sabía, pero cómo una va a poder asegurar que no está muerto alguien a quien no ve ni puede tocar ni puede hablar ni escuchar, así es como estar muerto de todas, todas, eso me decía, bueno, a lo mejor no está muerto, pero está por ahí, ha renunciado a ti, lo mismo es, a fin de cuentas, y sí, lo mismo ha sido, porque cuando lo vi, aunque tuviera esa pinta de vagabundo, de pobretón, pensé, la madre que lo parió, cómo lo ha hecho, ingenuamente, como si pudiera contemplar la idea de que levantara de la tumba o de donde diablos se hubiera quedado, porque aquí al desaparecido se le enterró como a un cristiano, no como a mi yerno, que ya me gustaría saber dónde está su cuerpo. Nosotros metimos unas cuantas piedras para que por lo menos, no lo sé, que Dios me perdone, para que pesara algo el muy sinvergüenza y al transportarlo tuviéramos que molestarnos un poco, para no llevar una caja de madera vacía, que para eso qué estupidez, no se hace nada, pero yo es que lo necesitaba, algo me impedía dejarlo así, muerto y nada más, sin dedicarle algún lugar en la tierra, así que lo enterramos como si fuera piedra y nada más, que para el caso..., mejor así que haber cogido otros huesos de uno cualquiera, porque huesos después de la guerra había para dar y vender, pero me dije que no, que mejor unas piedras, para hacer el peso y ya, nada más, y cuando le vi, cuando le vi fue como si aquellas piedras salieran disparadas y alguien me las lanzara desde muy lejos, que me las tirara a dar, y vaya que si dio...

Cuando lo vi, te lo prometo, me dieron las piedras y todos los huesos sin recoger que se quedaron en la tierra sin descanso, sin identificar, todo se me vino encima y en ese momento supe que viniera a lo que viniera, ya estaba perdonado; después de tanto tiempo, aunque en el fondo se haya pasado volando, después de todo, que se presentara, sólo eso ya hacía que yo le disculpara y todavía no había abierto la boca, que ni cuando la ha abierto el sinvergüenza ha pedido perdón, que yo no es que lo espere, porque qué tipo de perdón se le puede dar a estas alturas, pero es más por el gesto, que una sabe que no se arrepiente, que hizo lo que quería y yo por esas cosas ya he pasado y ahora entiendo, ahora sí, después de mi yerno muerto, ahora entiendo esas cosas, pero, igualmente, qué le cuesta unas disculpas, unas de mentira, por decoro, algo de pudor, pero qué va...

Y aun así estoy aquí contigo, que viene y me dice que cuando la guerra aprovechó y se escapó, y lo dice y como te cuento, lo dice y ni perdón, y yo que ya le había perdonado, que no sé qué tiene más delito, y me dice que estás enferma, que su mujer está enferma y digo yo que su mujer todavía soy yo, que estamos casados, pero la mujer eres tú porque tú eres la enferma, y que venga a cuidarte que ya no sabe ni qué hacer contigo, que contigo poco se puede hacer, perdona que te lo diga, pero yo vengo, que no sé para qué me sirve pero algo me llamaba en esta casa y eras tú, a lo mejor la curiosidad, no sé si pudieras hablar qué me dirías, lo mismo te pondrías orgullosa y hasta me echarías de tu casa, que las mujeres para nuestros hombres hacemos eso y más, yo no, yo ahora ya no porque este hombre ya ni es mío y por lo visto nunca acabó de serlo, pero las mujeres que aman, como creo que tú, se ponen así, que lo mismo me echas, ya te digo, pero no he venido a quitarte nada que sea tuyo.

Faltaría más que viniera encima a mendigar, a buscar una última oportunidad, ah, no, no, de eso nada, yo he venido aquí a cuidarte sin ningún interés, he venido porque tenía que venir, porque necesitaba venir, verte la cara, tocarte las manos, cuidarte, pero no sé por qué, a lo mejor sí vengo a hacer mi última intentona, pero más que una intentona que tenga que ver con el viejo, otra cosa, más vital, más necesaria, algo más profundo, quién iba a decir que yo puedo llegar a ser profunda, aunque lo mismo de tanto como he callado los últimos tiempos sí doy la impresión, lo mismo la gente se piensa, anda, ésta, desde que se le murió el marido, lo misteriosa que viene, lo callada que está siempre, menos con mi nieta, pero es porque no tenía nada que decir y nada más, será por eso esta retahíla, porque no me lo explico, tanto tiempo sin poder hablar cosas de verdad, y ahora a ti, que no me oyes, ahora a ti te lo cuento todo...

Lo que pudiera decir, a ti te lo digo, y a lo mejor eso, que se creen que soy profunda como un pozo, pero nada, si alguien se hubiera atrevido a lanzar una piedra, seguro que al momento: tin, tin, tin, hubiera sonado algo, porque profunda no soy, soy una mujer de la tierra, sencilla, que me gusta el trabajo para poder vivir, que me gusta estar con los míos y le pido a Dios lo justito para pasar sin demasiadas penas, pero de pronto aparece el viejo, me pide este favor, ¿eh?, que ya ni favor es de tan grande, pero me lo pide y hay una voz adentro, algo que no me había pasado nunca, que me dice que venga, que tengo que hacerlo, y por eso estoy aquí, sin saber, pero aquí, qué más da, tú me necesitas y yo, por alguna razón, también te necesito a ti, por lo menos así he descubierto algunas verdades de mi vida, tú, que no me conoces, llegas y te conviertes en el centro de tantas cosas.

Mi hija se ha puesto muy mal con este asunto, además de que es como para ponerse así y peor, pero detrás de todo eso debe de haber algo de celos, de rebeldía, porque a rebeldía nadie la gana, tantos años juntas, toda su vida y parte de la mía, y tiene que venir una desconocida, una gitana, una traidora si te pones a mirarlo, aunque para la traición se necesita algo de intención, pero una traidora si se mira bien, sí, viene, vienes tú, y de pronto me arrebatas tantas cosas, me lo quitas todo, y me das lo que estaba perdido dentro de mí, o que yo no podía oírlo de tan preocupada y ocupada que estaba con vivir al día, con vivir rozando la necesidad y nada más...

Ahora estoy aquí y tampoco es que esté haciendo gran cosa, estoy aquí, sin más, te pongo paños húmedos en la cabeza, de vez en cuando te masajeo el cuerpo, te muevo para este lado, para el otro, que no se te entumezca la vida ahí adentro y se la quede la muerte para siempre, te voy moviendo como si pudieras hacerlo sola, y te hablo mucho, te hablo, como a las flores, como a mis gallinas, como a la tierra, te hablo para darte vida, dicen que va muy bien hablarle a la gente enferma, no sé si creérmelo pero yo, por si acaso, porque sé que en el fondo tú me oyes, aunque se lo digo al viejo y me mira como si hubiera perdido la cabeza, que también es posible porque fíjate, amueblada no la puedo tener estando donde estoy y cómo, pero te hablo porque yo sé que eso sirve de algo, de poco, pero de algo, seguro que él no te ha hablado en todo este tiempo, y así estás, que das pena, perdona que te lo diga, que das miedo, pero te voy a hablar todo el tiempo, no te preocupes, yo también estoy muy necesitada de que alguien me escuche, así que somos tal para cual.

Quién sabe, lo mismo era necesario todo lo que ha pasado, tanta historia, para que podamos juntarnos y hablar y escuchar como sólo nosotras podemos ahora, en estas condiciones, porque igual si pudieras contestarme, seguiría como hasta ahora, callando por no saber qué decir, o por pensar que ya está todo dicho, así, con esa cara, esos ojos cerrados, este cuerpo aparentemente sin vida pero viviendo, así es como te necesito, no te pongas buena todavía, mujer, déjame que me vacíe un poco antes, ¿eh?, hazme el favor, déjame, para el tiempo que me queda aquí, y no digo sólo en esta habitación, déjame que me vaya de esta vida sin que me quede nada pendiente, sin que me deje nada por decir, porque son tantas las cosas que me he ido callando, y ahora todo me pesa tan adentro, sin saber yo mientras guardaba las palabras que algún día me pesarían, ahora son como las piedras que metimos en la caja, que depende de cómo se ponga una a dormir, se clavan por todas partes, las palabras, las dichosas palabras, que lo dicen todo y no dicen nada...

Y el viejo decía tartamudeando: que no salga de aquí, por favor, no se lo digáis a nadie..., y yo para mí pensaba, pero a quién, hijo mío, a quién vamos a decírselo, si ni contándolo se lo iba a creer la gente, que aquí somos más simples, no pensamos en estos líos, que ya con la guerra había mucha gente que te venía con cosas raras, que de pronto te contaban una historia, pasados ya los días más intensos, y era para no creerse nada, hay que ver cómo se agudiza el ingenio cuando uno lo necesita, y yo pensaba, si me pasara algo terrible, ¿sabría reaccionar, se me ocurrirían tantas cosas como a toda esa gente que está inventando, creando, escondiendo?, y fíjate lo cerca que tenía yo uno de los que se escondían, pero claro, eso salía a la luz recién pasada la guerra, ¿ahora?, ahora las aguas están calmadas, a nadie le importa ya si éste o aquél andan escondidos...

Además que para qué quiero contar yo nada, prefiero que esté de esta manera a que no esté, que no por mí ya, por Mariela y por la hija que tenemos, aunque parece que la cosa no avanza mucho, porque total ellas aquí no pueden venir hasta que yo me vaya, porque no saben dónde estoy, a saber lo que rueda por la cabecita de mi nieta, mi hija sí sabe, pero no quiso venir a ver la casa para no tener, decía, tentaciones de entrar, porque ya te digo que orgullo tiene a puñados, así que pensó que sería mejor no saber nada y hacer como si yo estuviera lejos que, para el caso, lo mismo es; eso sí, que pienso yo, si alguna vez les pasa algo, alguna cosa grave, tan solas como están, mejor sería que me avisaran o que avisaran al viejo, porque alguien tiene que ayudarlas, y teniendo familia como tienen, que somos nosotros, por qué no íbamos a echarles una mano, pero claro, las reglas de este juego son así, si me vengo a cuidarte, tiene que ser en secreto, y bueno, que tampoco me parece mal estar aquí encerrada sin salir para nada, para nada, con el tiempo detenido, que no sé ni qué día es hoy, porque aquí hay dos escondidos que apenas se hablan y una casi muerta, tú dirás, el tiempo aquí es otra cosa, y la vida también, muy distinto.

Y la comida, por ejemplo, pues tú tienes una pensioncita, que a saber quién era, antes del viejo, tu marido, y con la pensioncita tiramos los cuatro, que la pequeña va a comprar todo, que ya me extraña que no le pregunten, pero bueno, imagino que todo eso lo lleva en la sangre, porque hay que ver lo calladito que te lo tenías todo, que no has levantado ni sospecha ni nada, que yo ni te había visto, claro que las gitanas vais y venís y parecéis todas la misma, y tú te ibas al mercado, comprabas como para uno y aquí estaba la lagartija esta, que me pregunto yo cómo se lo ha hecho para que nadie lo viera en todo este tiempo, de verdad que no salgo de mi asombro, y la pequeña pues de lo que ha mamado, ahora se va al mercado y compra para cuatro nada menos y nadie se lo nota, con esas manos tan pequeñas la gente dirá: cuánta comida lleva, pero es tan pequeña…, así que la dejan, la dejan, y de vez en cuando le preguntan en los comercios por ti, se lo preguntó el otro día el viejo: ¿qué te dicen, sospechan algo?, y dice, con una gracia que desde luego del padre no es, dice que ya es mayor y puede hacer todos los recados, así que en las tiendas todos se pondrán tiernos como nos ponemos las personas mayores cuando una criatura parece un adulto…

Lo que te decía, uno cuando tiene que reaccionar, reacciona, y ahí los ves, formando un equipo, primero él viniendo a buscar ayuda, después la pequeña arreglándoselas para que no tengamos que andar corriendo riesgos, al final, chica, has conseguido lo que yo no pude... y no será porque hayas tenido más suerte que yo, no, será porque tú sí has sabido cómo hacerlo, porque el viejo es el mismo, aunque a mí me tocó joven que, ya ves, con más razón a mí la receta me tendría que haber servido, pero no, te tenía que servir a ti. Y al principio, cuando apareció, borracho y tartamudo, contando la historia desordenada, pensé, pero qué manera de vivir es ésa, cómo se atreven, darle esa vida a la criatura, darse ellos mismos ese asco de vida, perdona que te lo diga, pero ahora, una vez aquí dentro, con el tiempo parado, con todo quieto, me pongo a pensar y digo que no, que esto es lo que yo hubiera querido también para los míos, pero no supe...

De todas formas, ahora no es momento de ponerse triste, que no sé ni cómo me he puesto a hablar así, lamentándome, a mí tampoco me ha ido tan mal al final, fíjate Mariela, lo especial que es; nuestra hija al principio me pareció que, con el hombre con el que iba a casarse, la habríamos perdido, y la perdimos porque no supimos entenderla, ni a ella ni al marido, pero ahora muerto ya sí le entiendo, no es del todo inútil ni tarde, ahora me servirá, aunque no me quede mucho, me servirá para otras personas, gente como Mariela que de tan especiales necesitan que se les mire de otra manera...

Y yo la veía que se la comía el recuerdo del padre, que se estaba carcomiendo a preguntas, y me decía, abuela, ¿me parezco a él?, y yo qué podía decirle: sí, no hay dos como vosotros, padre e hija teníais que ser, decirle eso y que mi propia hija me mirara con esos ojos que parece que se la lleva el demonio, porque ella lo que pretendía es que el marido desapareciera, y una persona bastante tiene con morir, pero el recuerdo no se borra, ni siquiera cuando, como este hombre tuyo, pasa lo contrario, que desaparece pero no muere.

Las cosas una no puede inventarlas ni cambiarlas ni elegirlas como ella pretende, no se puede enterrar para siempre la memoria de un muerto, no se puede así, de esa manera, callando, callando, guardando adentro, porque entonces un día todo sale, como a mí me pasa contigo, un día sale y el dolor es tan horrible que no se va a poder soportar, insoportable, y lo peor será que, para entonces, estará sola, estará tan sola que ya no podrá resistirlo... a veces se lo digo, hija, pero si eres joven, mira tú si apareciera otro hombre, si por lo menos todo ese rechazo acumulado pudiera convertirse en amor hacia otra persona, en cercanía, si por lo menos eso ocurriera, se iría fatigando el muertecito, pero no, no quiere vivir, quiere quedarse con todo ese dolor, toda esa rabia, y alimentarla, como si sirviera de algo, como si pudiera, con todo ese mal, hacer algo..., y lo único que va a hacer es perder lo que tiene que es su hija.

Si todo ese odio maldito se pudiera ir por donde vino, podría mirarla sin sufrir, sin acordarse dolorosamente del muerto, pero no quiere nada de eso, no lo quiere y no lo va a tener nunca..., y pienso: ¿de dónde habrá sacado todo eso, a quién se parece?, y primero, enfurecida como estaba con el viejo, yo pensaba: a él; pero ahora, mona, ahora que le veo aquí, contigo, formando esta familia tan..., bueno, digamos particular, ¿no?, metido de lleno en algo, mojándose el culo, y perdona que hable así, mojándose el culo por lo que de verdad es importante, ahora realmente es cuando me planteo que quizá tenga yo más de mi hija que nadie, aunque es una manera de hablar porque ella no lleva en realidad nuestra sangre, pero ésa es otra historia.

De todas formas, hay algo innegable que va más allá de los parentescos y es que mi nieta, sea mía o no, ha salido toda a mí, que hasta su madre se quejaba de que hablábamos igual, de que parecía un loro de repetición. A ver, la pobre, a quién se va a parecer hablando…, pues a mí. Y quizá, y ahora lo pienso, yo he estado toda mi vida esperando este momento, pero no así, quizá pensaba que volvería pidiendo ayuda tu marido, porque es tu marido, sí, pero otra ayuda, una para quedarse, para ser comprendido, y entonces, entonces cuando yo lo soñaba, no había compasión, que después, ya ves qué flojera, que no sirve una después para nada, pero entonces qué podía saber yo de la vida, si la verdad estaba escondida en esta casa que tenéis, escondida y bien escondida…

A lo mejor ya le vendrán a ella las palabras como me vienen a mí estas noches, ya le vendrán y entonces tendrá que buscarse a alguien para que las cargue, pero alguien a quien no le dañen, como a ti, que las oyes pero no, que pasan por encima de ti, a alguien así tendrá que buscarse, y me temo que ya sé yo quién va a cargar con esas palabrotas que tiene ella dentro, porque las mías vienen con cierta música, no lo sé, pero ella las guarda sin corazón alguno, las guarda con rencor, sin alma…, y después todas ellas, como un regalo envenenado, se las entregará a ese hombre, a ver, esto es un secreto, lo sabe todo el mundo porque en el pueblo a ver qué haces, pero es un secreto, a quien ella quiere hablarle es al hombre que una vez la rechazó…, porque son para él y para nadie más esas palabras que guarda, que una vez quizá pensó que podría decírselas a su esposo, el muertecito, pensó ella y pensamos todos que podría mitigar aquel dolor suyo con un hombre bueno, pero aquel hombre además de bueno era diferente, y eso no lo quería ella, además que no quería nada que no fuera el granuja ese, pero la rechazó, y después ella ya nunca más se repuso, y de ahí, creo yo, de ahí nace todo su odio, todo su aborrecimiento, porque la vida no es eso que ella esperaba.

Aquel hombre la quería y no, la amaba y no, de esa forma en que algunos hombres nos quieren, tú a lo mejor no lo comprendes, pero a algunas nos han querido así, y después eso no ha servido nada más que para saber qué era exactamente lo que no queríamos, pero por lo visto todavía no se ha perdonado por lo que pasó, quizá es ése todo su cansancio, tan joven y ya así, como le digo yo, mirando siempre hacia la tierra, que es como pedirle que te lleve, que te lleve, y la tierra no es ese hombre y ni uno ni otra van a llevarte, así que asúmelo, eso se lo digo en cuanto tengo ocasión, asume todo eso, recógelo, guárdalo con suavidad y aprovecha lo que tienes, y qué es lo que tengo, me dice ella, siempre, pero tiene a su hija, tú lo comprendes, que eso es tan grande, tener una hija, tener a alguien, pero ella, ciega como está por la sombra de ese hombre, que no es el muerto, ¿eh?, otro, no puede ver a nadie, y eso es todo lo que le ocurre, que no nos ve porque está él delante, y por eso se empeñaba en creer que el padre de la niña había matado al suyo, para culparle, para buscar un motivo por el cual olvidarle, y a lo mejor olvidarle sin sentirse demasiado cruel, ponerlo a un lado sin que nadie se eche las manos a la cabeza, poder decir: es que mató a mi padre...

Pero no, él no mató a nadie y además acabó muerto como si fuera un perro, o peor, peor que un perro, que cuando lo vi, ah, y eso que tenía mejor aspecto que tú, porque lo tuyo con la muerte es..., él, mejor que tú, tenía mejor color, mejor cara, el pobre, que murió y lo vimos todavía caliente, que para mí todavía respiraba, yo le miraba el pecho y pensaba, no, no puede ser, no puede, pero se movía, arriba, abajo, despacio, y cada vez se notaba menos, pero cuando llegué allí al solar, cuando llegamos las tres, pensé, oh, Dios mío, está vivo y vamos a dejarle morir, porque todos le daban ya por perdido viéndole yo el pecho que se hinchaba sin remedio, despacio, despacio, y yo miraba a Mariela, que tenía los ojos tan abiertos que parecía que se le iban a salir, y yo me clavaba las uñas en la palma de la mano, como si así pudiera yo recibir el impacto de la niña y el mío, para que no la dañara, para que no se le quedara el recuerdo para siempre, pero los ojos de Mariela, ay, esos ojos tan vivos, tan tozudos y vivos, retuvieron aquella imagen y la guardaron, la vi allí, tan pequeña, aguantando con todo su cuerpo aquel espanto que era ver a su padre como un animalucho cualquiera tirado en el suelo, sangriento, desalmado, tan feo, tan borroso como estaba, y pesado..., pensé: el alma de una criatura no puede aguantar esto..., lo pensé porque no sabía siquiera si yo misma sería capaz de vivir con el recuerdo, con aquella muerte en la mente, que se quedaba y no pensaba irse, y cuando me iba a dormir, cuando me echaba en la cama, una que pusimos para dormir juntas la niña y yo, y notaba los pies dolorosamente fríos, pensaba, esta niña, en qué tierra estará cayendo, sobre qué muerte andará paseando, en qué preguntas, con quién…

Explicarle qué había ocurrido me parecía demasiado para su corazón todavía de niña, una chiquilla, y, sin embargo, esos ojos, esas cejas, mirando, la nariz insinuándose, la barbilla, tan alta, preguntando con toda su cara, y yo que callaba y a su madre que parecía que se le había olvidado cómo hablar…, y Mariela finalmente tomó su camino, no sé yo hacia dónde, y me asustaba que se fuera tan lejos, con nuestro consentimiento, o precisamente porque nosotras la echábamos fuera, la hacíamos sentirse distante, cerrábamos el círculo donde se concentraban todos los secretos de esta familia que por momentos dejaba de serlo, era un simple compartir parentesco y nada más, no había nada, no había, chica, qué va a haber…, y todavía no ha preguntado, todavía no ha preguntado ni nos hemos atrevido a abrir la boca, por si suena la verdad, por si duele y quema, ¿y a ella, qué le duele, qué le quema?

Y un poco también estoy aquí escondida de todo ese trajín, porque aquí, metida contigo en esta habitación, aquí no hace falta que finja, aquí está todo al descubierto, toda la verdad y la mentira, el desencanto, este odio que se enrolla por el cuerpo hasta que se queda seco y aquí contigo todo es tan oscuro que una mentira más, una verdad más no importa… Definitivamente, algo hice mal y me sentía satisfecha al venir porque pensaba, pues no sé, pensaba que tú tampoco lo habrías hecho mucho mejor, pensaba yo, cuando le vi, cuando entró en mi casa, tanto no ha cambiado y, sin cambiar, cómo va a arreglárselas ella, pero ella, que eres tú, te las arreglas mejor que bien, estupendamente te las arreglas y hasta te odié cuando…, qué digo, todavía te odio.

Me acuerdo de cuando el viejo era joven y algunas veces, cuando aún no se había formalizado lo nuestro, algunas veces lo veía con otras muchachas, ellas cogidas de su brazo, y reían y reían; bien mirado, yo también reía porque sabía que, de alguna manera, aunque él todavía no lo supiera, me pertenecía, pero había algo dentro de mí que me gritaba y me tiraba hacia otra parte. Sentía celos, qué mujer no siente celos, pero jamás le dije nada, jamás, porque mi madre me tenía bien enseñada, me tenía enseñada a ser una esposa obediente, también una novia buena, que se conforma, y me decía, fíjate la mentalidad, me decía: ¿te crees que tu padre sólo está conmigo?, me lo decía cuando yo lloriqueaba porque el viejo se cogía del brazo con otra chica, todo eso, ¿eh?, antes de formalizarnos, después, que yo sepa, nunca más hizo nada por el estilo, hasta que tú llegaste, me figuro, pero a lo que iba, presta atención: mi madre me reñía si le contaba en secreto que quería hablar con él y pedirle que, si íbamos a ser novios de verdad, si quería venir a casa a hablar con mi padre, a conocer a mi familia, tenía que dejar de cogerse del brazo con el resto de las muchachas y de reírse y de pavonearse por la plaza, ya sabes; no, no sabes, qué vas a saber…, entonces mi madre me cogía fuerte del brazo y me echaba en una silla, me sentaba allí y me hablaba en susurros, con una rabia que no se la conocía yo a ninguna hora del día, siendo solamente, mamá, o madre, depende de la seriedad que se me requería en cada ocasión, mi madre y nadie más. La mujer cerraba un poco los ojos y levantaba el dedo índice, me decía: ni se te ocurra; y para mí no había ya más discusión, no hacía falta más explicación que aquel dedo, porque mi madre fue la esposa perfecta, nunca preguntaba y decía que a los hombres hay que dejarlos a su aire, así que ella no molestaba, se ocupaba de su familia, para cualquier hombre hubiera sido la mejor, pero nacía de mí, siendo joven, una rebeldía que no me habían enseñado y en esos momentos mi madre se avergonzaba de mí y qué he hecho mal y mil lamentos..., así que nunca le dije nada, al sinvergüenza, nunca se lo dije, y poco a poco empecé a caer en esa trampa que mi madre había tendido para mí...

Seguramente alguna vez yo misma sospeché, porque no puedo imaginarme que yo te viera y no alcanzara siquiera a intuirte, porque eres tan grande, tan grande, ocupándolo todo en él, que sería imposible que yo, siendo su mujer, la mujer de toda su vida, no hubiera notado nada, pero en los años de noviazgo y en los primeros de casada, mi madre hizo conmigo un buen trabajo, trató de reconducirme, como ella decía, y quizá he estado ocultándome tantas cosas por eso, por no levantar la voz, preguntar, tener alguna inquietud por algo..., mi madre... mi madre única y como todas las madres del mundo, tan mía, pero tan como otras, no me queda un gran recuerdo de ella, como te lo cuento, en cambio de mi padre, que andaba con todas las mujeres del pueblo, en cambio de él..., sólo estaba para los buenos ratos, mi madre se lo permitía, que anduviese por ahí, que no estuviera nunca, y que apareciera en los momentos en los que un padre es lo más grande que uno puede tener..., aparecía, con aquel cuerpo suyo, tan de trabajar la tierra, con las manos gruesas y malditas, suaves para otras mujeres, con aquellas uñas que guardaban siempre un pellizquito de tierra que no acababa nunca de irse..., era como un Dios en nuestra casa, así lo quiso mi madre y así se cumplió, de modo que cuando murió, siendo ella todavía joven para ser viuda y mayor y antigua para rehacer su vida, cuando él murió fue como si muriera una especie de amuleto que todas teníamos, porque en mi casa éramos cinco mujeres y él, y a todas nos trataba como a reinas, menos a mi madre, y su pérdida fue devastadora para todas nosotras, para la que menos, al final, para mi madre, que se había acostumbrado tanto a tenerle de esa manera...

Nosotras añorábamos todo eso de él igual que si fuéramos sus queridas, así las llamábamos, nos trataba con ese gesto canalla que imaginábamos todas, más de una vez nos habíamos encontrado contándonos unas a otras lo que nos había dedicado aquella tarde, o aquella noche nuestro padre..., nos íbamos a cualquier rincón donde nuestra madre no pudiera vernos y decíamos: ¿le viste, viste cómo me guiñó un ojo cuando comíamos porque mamá me riñó?, nos trataba como a pequeñas mujeres, mujercitas, así nos llamaba, y no como a hijas, éramos siempre como las hijas de un hermano para él, sagradas y con un límite que marcaba su propia naturaleza, pero no nos educaba, no nos daba ni nos quitaba nada, y nosotras le veíamos de una manera tan extraña, que murió y la familia se deshizo..., casi de repente todas tuvimos suficiente edad para marcharnos y nos marchamos..., mi madre, la pobre, se quedó tan sola..., ¿y sabes por qué le pasó?, te lo voy a contar: su padre, es decir, mi abuelo, fue un hombre malvado, horrible, que hizo infeliz a mi abuela y a mi madre, eran sólo los tres y él fue un malnacido que las hizo infelices, pero no sólo infelices mientras él vivió, ¿eh?, infelices para toda la vida, todavía hoy hay heridas y secuelas de todo aquello en las siguientes generaciones..., y fue tan destructor, fue tan tirano, le hizo tanto daño a mi madre, que después, lo único que ella deseaba era que sus hijas, nosotras, no pasáramos por lo mismo que pasó ella, así que convirtió a mi padre en un mito, y le dejó vivir a su aire, sin ataduras, le dejó y sólo le pedía que no nos hiciera unas infelices para siempre, así que ella hizo de padre y de madre, y eso es demasiado para una sola mujer…, aquello fue demasiado y se fue con todo, se fue consumida como era natural…; cuando la vi en su lecho de muerte, recordé la cara de mi padre, guiñándome el ojo, o riéndose, o cualquier otra cosa, y después intenté buscar algún momento íntimo entre nosotras, algún episodio sin violencia, pero no una violencia de pegarnos y tratarnos mal, ¿eh?, una violencia de palabras como clavos, de hablarnos crudamente, de decirnos todo lo que no queríamos oír, la vi en su lecho de muerte y supe que no iba a echarla de menos, que apenas notaría su ausencia. Cuando murió mi padre es verdad que el hilo que nos unía a todas se aflojó, pero al morir mi madre, sentimos las hermanas que nos quitábamos algún peso de encima, aunque esté feo decirlo, y volvimos a acercarnos un poco, pero esta vez sin hilo, sólo acercarnos, sólo darnos calor, y parecía que nos hacíamos de madre las unas a las otras, sustituyendo el papel que debería haber hecho nuestra madre, la actitud que nosotras hubiéramos deseado como hijas, pero después todo es tan complicado…

Cuando empezamos a tener nuestras propias criaturas, aunque yo…, bueno, comprendimos que una madre es totalmente insustituible, y aunque nuestra madre no había sido lo que esperábamos de ella, había hecho de nosotras unas mujeres respetables, lo que en un pueblo se entiende por respetable, y ninguna le consentimos a nuestros esposos lo que mi madre a mi padre, pero supimos cómo complacerles, cómo ser buenas esposas sin dejarnos pisar, pero fíjate la puerta, la puerta, en cuanto se deja un poco abierta, salen corriendo, y yo sospechaba, pero se me venía la cara de mi madre, seria, como avergonzada de mí, y me repetía: una mujer, una buena mujer, no debe poner nunca en duda a su hombre, nunca en la vida; así que yo me quitaba las malas ideas de la cabeza, pero ahí, detrás de aquella duda, detrás de aquellas manos demasiado limpias, aquel pelo tan bien peinado, detrás de aquel leve brillo de sus ojos, ahí, ahí estabas tú…, yo pensaba que éramos felices, a nuestra manera, pero felices, que a él le bastaba, que no necesitaba nada más, y no, así era, no necesitaba nada porque tú lo cubrías todo, tú lo envolvías por completo, yo pensaba que éramos de fácil contentar y en realidad yo era la única que se estaba conformando, porque él había salido en busca de algo mejor, y te encontró, o lo encontraste tú a él, y no te pregunto la edad de tu hija porque no quiero echar cuentas, no quiero saber el número, la fecha, la época, y darme cuenta de que los últimos años de mi vida han sido una mentira…

Y si mi hija está tan ofendida, te cambio de tema, es porque todavía está alimentando la posibilidad, la esperanza, la fe, de que aquella historia suya tuviera un sentido. Si hubiera podido vivir el fracaso, quizá se habría enamorado del que finalmente fue su marido, quizá sentiría por su hija una ternura infinita y andaría conmovida por ahí, pero eso no ocurrió, salió por la puerta de atrás, cogió un atajo, se incorporó al camino que la vida le exigía si no quería darse de bruces, y eso es lo que ha hecho que no se pueda cerrar ya esa puerta, nunca. Aquel hombre la rechazó y ya está y no se le tiene que dar más vueltas…, pero, fíjate lo que te digo, todavía tengo yo dudas de que nun-

ca más se vieran, todavía yo no acabo de creerme que renuncia-
ra a él de aquella forma, ¡cómo!, cómo va a alejarse del hombre
al que ama sin volverse atrás, sin intentarlo siquiera…, ay,
cuánta mentira a mi alrededor, qué poca esta vida mía, nadie se
atreve a atreverse, todos andan como ratas…

Y Mariela…, por las noches nos abrazábamos y más de una
vez, claro que sí, más de dos, más de cien, la abracé y pensé en
el viejo, en cómo seríamos los dos juntos, vivos, viejecitos…,
pero no como ahora que le digo viejo y es para burlarme; si en
ese momento hubiera podido saber que estaba aquí, contigo,
abrazándote lo mismo que yo abrazaba a nuestra nieta, si entonces lo hubiera sabido, qué estúpida me habría sentido, pero
no lo sabía, y la abrazaba con fuerza, la abrazaba con tanta
fuerza que, si estaba dormida, se quedaba como sin respiración
y después tosía.

Mira, no sé, tengo que salir de aquí…, volver al mundo,
donde la luz, donde los niños, mi hija…, y tú tienes que vivir,
debes abrir los ojos, para que yo pueda marcharme…, voy a
marcharme de aquí, en cuanto abras los ojos, pero no voy a poder volver a mi mundo, ése va a ser mi castigo, que no voy a
poder vivir como siempre, así que tendré que irme, a donde
sea, porque ya no hay vuelta atrás para mí…, mira, yo… te voy
a decir algo, yo…

Lo que sé de lo que pasó es lo que voy a contar. Mi abuela esperó en aquella casa, la casa donde por lo visto estaba mi abuelo con su mujer, que no era mi abuela, y esperó hasta el viernes porque era el único día en que pasaba el autobús que la llevaba a la ciudad. Y sé que era viernes porque pensé, cuando me lo contaron, que había sido el mismo día de la semana en que mataron a mi padre. Para mi madre y para mí la abuela hacía ya meses que había desaparecido, como si no estuviera o no hubiera existido nunca, porque no la veíamos y cuando no ves a alguien es como si se hubiera muerto, con la diferencia de que no podía llevarle flores a ninguna tumba.

Parecía increíble que la abuela finalmente se hubiera marchado y nos hubiera dejado solas. Entonces me di cuenta de que desde que había muerto mi padre, el duelo había sido diferente, particular. Con once años vives en un limbo desordenado. Sumergida en aquel mundo de las señoritas, por decirlo así, la muerte de un padre, es decir la muerte de mi padre, y más si es una muerte violenta, te sacude pero no te hace mujer. No, Mariela, la pobre, es decir yo, no miraba así como miraba porque se le hubiera muerto el padre, sino porque no entendía nada, y entre las cosas que no entendía estaba la muerte o la palabra rojo aplicada a un padre de mierda. En aquel gran sumidero que era ser una señorita y una huérfana a medias, medio huérfana, la presencia de mi abuela mitigó no el dolor, pero sí la confusión. Era como cuando en casa recibíamos una visita, que la realidad quedaba suspendida. Entonces mi madre preparaba algo para que tomaran los invitados, la abuela era amable, yo era una niña encantadora. Y mientras las visitas no se iban de casa, la vida de verdad estaba al margen. Así fue como la muerte de mi padre quedó postergada hasta que la abuela se marchó, porque la situación dramática fue trasladada a otro lugar, una especie de cajón, y la cama supletoria y el modo distinto de vivir que tenía mi abuela ayudaron. No sólo era nuevo ser huérfana, sino que también era nuevo vivir con la abuela. Se iban solapando las novedades, colapsando, pero cuando se marchó a aquella casa, entonces mi padre murió en serio (es un decir). Creo que para mi madre también fue así. Si no, no me explico cómo después cayó tan enferma, de la noche a la mañana, sin que yo notara cambios ni diferencia alguna.

Una vez la abuela se marchó, tuve que aceptar, de nuevo, que mi padre había muerto. No, que lo habían asesinado, que era peor. Y que todo lo que había construido a su alrededor era inútil: ir a la tumba de mi padre con flores, ir al solar a jugar con aquella tierra, investigar sobre su muerte, saber quién era la niña que me perseguía, descubrir fotos en los dobles fondos de los cajones. Todo aquello no era más que un entretenimiento. La verdad era que la abuela se había marchado y me había dejado huérfana de verdad y con una cama supletoria que tenía un lado hundido por el peso, por si no me había dado cuenta de que ya tenía que dormir sola.

Una semana después de que la abuela se hubiera ido a cuidar de la mujer, que me parece que al final murió, aunque es lo mismo que se muriera que no, porque no me importa lo más mínimo. Una semana después, cuando tuve que aprender a lavarme yo misma a mano los vestidos, porque mi madre se había borrado del mundo, vi que mi abuela se había dejado ropa interior. Seré todavía más clara y diré que se había olvidado unas bragas de algodón, blancas, muy grandes. Las lavé a mano con mucho cuidado y conservé aquella pieza como si tuviera importancia. Creo que guardé sus bragas porque tenía la intención de devolvérselas. Era una manera de creer que volvería a verla y ella me salvaría de la orfandad y de lo descuidada que me tenía mi madre, aunque me daba igual porque no quería a mi madre y ahora que se ha muerto lo puedo decir tranquila, sin remordimientos (siempre y cuando no estén las monjas cerca).

Más cosas que sé. Tico se casó y la tía, la famosa tía (es un decir) que se ocupaba de él desde que su madre había muerto, se fue a vivir con el padre, porque de todos modos ya convivían mucho. Era una tontería tener dos casas y una pareja de recién casados y desaprovechar las dos, así que se reubicaron: dos y dos. Cuando la madre murió, la tía les hacía la comida y la cena, y para que nadie se sintiera solo, aunque todos se sentían solos, comían juntos. Después la tía se llevaba sus cacharros a casa y los lavaba allí, para luego volverlos a llevar y cocinar.

Vivían así porque era una manera de respetar a la esposa y a la hermana: no usar sus ollas, no invadir ningún espacio que antes ocupara la muerta, no establecer una normalidad tras su marcha, que era otra de las formas de evitar decir que se había muerto. La mujer iba y venía cargada para que se siguiera notando que ahí, en aquella casa, en aquellas vidas, había ocurrido algo que les había marcado. Tico pensaba que era una estupidez, así me lo contaba, porque no necesitaba armar tanto revuelo para recordar a su madre, para adornar su ausencia, porque adornar la ausencia era lo único que hacían con aquellos viajes.

Finalmente, la tía se instaló con el padre, y lo hicieron para que Tico y su mujer pudieran vivir desde el principio con todas las comodidades. Decían que la tía había estado toda la vida enamorada del padre de Tico, de su cuñado, o que más que enamorada de su cuñado había tenido siempre mucha envidia de su hermana, celos porque era guapísima y muy buena.

—¡Estará contenta!

La gente decía que debía de estar contenta por vivir por fin con él, pero me parece que la gente se pasa de cruel y habla sin saber. A mí lo que me importaba era que Tico se había casado, y todo porque ella se había quedado embarazada, aunque una vez casados perdió al niño. Al principio se dijo que todo había sido una trampa de la madre y la hija para amarrar bien a Tico, y que había sido una invención para que se casaran. La verdad es que muchas madres aconsejan a sus hijas que se queden embarazadas sin el consentimiento del padre, para obligarles a casarse y no quedarse solas. Lo que pasa es que nacen muchísimos hijos ilegítimos, porque algunos de los padres no quieren hacerse cargo de aquellos embarazos ni de tanta mentira.

En cuanto se casaron y la novia de Tico perdió el niño, todo eran rumores de que el chico había sido una víctima más, con la mala suerte de que había aceptado casarse y encima para nada. Después dijeron que no, que era verdad que se había quedado embarazada y también que había perdido al niño, y que le habían practicado un aborto criminal (las palabras que usaban eran aborto criminal). En dos semanas ya todos decían que se había quedado estéril, y no sólo eso sino que con el tiempo llegué a oír que Tico no volvió a ver a su mujer desnuda. Me lo contaban a mí expresamente porque sabían que Tico y yo nos habíamos querido, ésa era la verdad, y lo sabían porque como pasábamos tanto tiempo sentados en la puerta de mi casa o en el río, las malas lenguas hicieron correr la noticia. Es lo que decían todos, las habladurías me llegaban siempre, como fuera.

A mí me interesaba creerlo porque estaba dolida, no podía tolerar que Vicente se casara con otra después de tantas confesiones que nos habíamos hecho, de aquella intimidad nuestra, y menos después de haberme quedado tan sola. Hasta dijeron que Tico estaba enamorado de la madre de su novia, y eso ya sí que no me lo creí, porque estaba convencida de que si Tico era demasiado amable o demasiado tierno o se mostraba demasiado complaciente con su suegra, era sólo porque necesitaba una madre, y eso podía comprenderlo perfectamente porque yo necesitaba un padre. La gente que crece con sus padres vivos no puede entender ciertas cosas de los huérfanos, o de los huérfanos a medias, que a veces es peor.

Voy a contar más cosas, y si las sé es porque me pasaron a mí. Mi tío empezó, al ver que mi madre me desatendía, a cuidar de mí. Lo que no sabía era que mi tío resultó ser una persona sin escrúpulos. En realidad, ahora que lo pienso mejor, no es que mi tío fuera una persona sin escrúpulos, sino que a mí me decepcionó porque después me fui enterando de muchas cosas, que no hay quien calle en un pueblo, y le habría agradecido que fuera él quien me lo confesara todo, por no ir haciendo el ridículo cuando todos los demás saben más de ti y de tu corta y flaca vida que tú misma.

Es muy desagradable pensar que las miradas de compasión no solamente son porque a tu padre lo mataron y todos lo vieron y, además, nadie quiso enterrarlo. Incluso puede que todavía haya miradas que no comprendo y que obedecen a una lástima y a una pena nuevas, que no conozco, y todo porque mi tío no fue capaz de decirme quién soy, porque para saber quién soy necesito antes comprender quiénes son ellos, y la verdad, no tengo ni idea. Todos me parecen enemigos, excepto las monjas, que por lo menos me contestan a las preguntas. Hasta las más difíciles, sin excepción.

Del resto tampoco hay mucho más que contar: la abuela se había ido, mi madre trabajaba de sol a sol y no la veía, el verano se acabó, yo volví a las clases y mi tío empezó a cuidar de mí. En resumen, mi vida se convirtió en un listado de escenas incómodas, de situaciones que nada tenían que ver con ser una señorita de más de once años.

Cuando salía del colegio iba a comer a su casa, la casa de mi tío, porque mi madre estaba trabajando y además no me dejaba comida hecha porque no le importaba si me moría de hambre (es un decir). En casa de mi tío comía bien porque llevaba tantos años soltero que había aprendido a cocinar, cosa que le diferenciaba del resto de los hombres que conocía, que no solían cocinar ni acercarse a la cocina, a menos que fuera para comer.

En aquella casa no había prácticamente nada. Pertenecía a sus padres, es decir mis abuelos, y todo era viejo y bastante triste, además de que olía a persona mayor, pero no estaba cargada de figuras, cuadros o fotos, a excepción de una en la que aparecían mi madre vestida de novia y mi padre al lado, rodeándola con los brazos, los dos muy sonrientes. A mi madre se le podía adivinar la barriga. Pregunté, para asegurarme, si aquella barriga era yo, y mi tío me dijo con mucha naturalidad que claro, como si no supiera que aquella barriga podría ser suya también. En la foto mi padre tenía una mano sobre el vientre de mi madre y, en un dedo, el anillo de casado. Cuando vi la alianza reluciente, le pregunté a mi tío qué había pasado con el anillo porque en realidad quería preguntar qué había pasado con el cuerpo de mi padre, pero me contestó que no sabía y que probablemente los asesinos se lo habrían quitado antes de que llegara nadie al solar en donde lo encontramos. Hablaba de los asesinos como si nada. Sigo pensando que si alguien ayudó a mi madre a enterrarlo, fue mi tío, o a lo mejor mi abuela, y que de todas formas, fuera el que fuera, iban a guardar el secreto. Ésa ha sido una de las cosas que jamás le perdonaré a mi madre, aunque a las monjas les diga que sí para que me dejen tranquila.

Hablando con mi tío de los asesinos, que además de asesinos los habíamos convertido en ladrones, me puse a pensar en mi padre, en cuando llegué al solar sin saber lo que me esperaba. Si cerraba los ojos podía recordar perfectamente el momento en el que vi a mi padre muerto, así que procuraba no cerrar los ojos a menos que necesitara dormir, pero entonces no pude evitarlo y cerré los ojos, segundos en los que mi tío aprovechó para darme un beso en la frente y una palmadita en el culo, que era lo que solía hacer y que por más que me quejara, seguía haciendo. Aunque después eso dejó de molestarme porque al fin y al cabo era el único de mi familia que no me había desatendido, empezando por la abuela y acabando por mi madre. Era bueno conmigo, que es más de lo que puedo decir de muchas personas que he conocido a lo largo de mi vida (flaca) y las cosas como son.

No hace tanto me dijo que había arreglado su testamento para que todas las propiedades quedaran a mi nombre y de verdad que se lo agradecí, aunque de todas formas habrían sido mías porque no hay familiar más directo que yo, su sobrina (y para algunos, hasta puede que su hija). Pregunté si entre los documentos había alguna carta en la que me explicara algo, me revelara algún buen secreto, como por ejemplo dónde estaba el cuerpo de mi padre, pero él calló. Habrá que esperar. Aun así, de cuando se hizo cargo de mí porque mi madre no quería saber nada de nadie y menos cuando más tarde cayó enferma, no tengo queja alguna, con lo que me gusta quejarme.

Algunas veces me quedaba dormida en el sillón y mi tío me perdonaba la tarde de clase porque decía que me veía ahí dormida (dormidita) y no quería despertarme, que al fin y al cabo en una hora y media de clase no darían nada tan importante, y tampoco valía mucho la pena. A mí la pena sólo me la valía mi situación, porque estaba sola y con un pariente por el que no sentía nada por muy bien que se estuviera portando.

Las vecinas de vez en cuando se acercaban a mi casa por la noche, porque sabían que volvía para dormir, y me preguntaban si necesitaba algo. Lo que necesitaba era una madre, pero procuraba no importunar a nadie, porque mi intención por encima de todo siempre era parecerle a los demás una auténtica señorita. Los días que me quedaba dormida y no iba a clase, cuando me despertaba me iba al río, porque en el río, ya lo he dicho, nadie es huérfano y en el río nadie me desatendía porque estábamos solos, el río y yo.

A veces mi tío me acompañaba para distraerse, para no estar solo, decía. Era verdad que estaba solo porque empezaba a estar viejo para ciertas compañías, de modo que se pasaba los días y las semanas metido en casa, trabajando en un pequeño despacho que había habilitado para su comodidad y por no pagar alquileres. No es que se sintiera solo, sino que lo estaba (como yo). Le explicaba que estaba equivocado, el río no era un lugar para dejar de sentirse solo, porque en el río no había nadie y precisamente ese era el motivo por el que yo elegía ir allí. Claro que yo, que estaba siempre sola… a mí qué más me daban los demás y las soledades de los demás, si iba al colegio y era como si estuviera doblemente sola.

Cuando en el internado ahora hablo con una de las monjas, con la que tenemos una reunión si nos portamos mal, le cuento todo lo que pienso sobre aquella soledad y me mira con lástima. Las demás niñas no cuentan nada y se limitan a portarse mal, pero para mí hablar de las cosas y ser mala no es incompatible, así que les cuento todo lo que se me pasa por la cabeza aunque no sepan qué hacer excepto mandarme a rezar una y otra vez, rezar y rezar. Lo único que ellas saben hacer. Le hablo a aquella monja de la soledad y me mira con esos ojos con que te mira la gente que no te comprende, que nunca ha pasado por lo mismo y siente pena, sin saber que probablemente no son tan diferentes, pero para qué contarle a nadie cómo una persona se siente sola aunque esté acompañada; total, no te entienden y además se ven obligados a estar contigo y darte consuelo.

Si me sentía tan excluida de todo era porque lo estaba. El día que tuve mi primera regla, como mi madre ya estaba en la cama y no podía pedirle ayuda ni explicaciones (es un decir) ni nada amable, me limpié, me puse unas gasas y esperé hasta el día siguiente, cuando estuviera en casa de mi tío, para comprender qué estaba pasando, porque nadie me lo había explicado. Y cuando después de toda la mañana en el colegio, limpiándome en cuanto podía ir al cuarto de baño, llegué a casa de mi tío y le dije que por favor entrara y me explicara mientras yo me estaba lavando las manos para comer, lo único que dijo fue:

—Límpiate eso, anda.

Y me limpié y ya no volví a preguntar nunca, ningún mes. Me limitaba a lavarme, anda, y a asearme como podía y como se me ocurría que debía hacerlo. Si digo que estaba sola incluso en el colegio es porque estaba sola de solemnidad, como en el cementerio.

No sé si ya conté que, metidos en octubre y sin la abuela, insta-lándose el otoño y ese tedio del tiempo que ni frío ni calor, mi madre cayó enferma. La gente decía, porque otra cosa no pero la gente se pasó semanas y semanas diciendo, que mi madre había caído en una depresión, y yo pensaba que podría ser por mi padre o por mi abuela, y que ni mi padre ni mi abuela esta-ban cerca y yo era la única que podía cuidarla; es decir, cargar con las culpas de los demás, con esos pequeños errores que aca-ban con una muerte en el solar, con una abuela en una casa desconocida o con una madre en la cama. Errores invisibles en el día a día pero que van llenando, llenando, llenando una es-pecie de cubo, hasta que rebosa y ya no puede limpiarse ni ha-cerse nada.

No diré que dejé de ir al colegio, porque seguí asistiendo a las clases, pero muy al contrario de cómo me desatendió mi madre, yo estuve pendiente de ella y de su enfermedad. Iba al colegio porque se me disculpaba cualquier cosa: los despistes, las faltas, las insolencias, el mal carácter. Mi madre estaba en cama siempre, con los ojos cerrados o medio cerrados, entrea-biertos, y de vez en cuando soltaba un quejido como el de una cabra, porque no era un grito ni nada por el estilo, no parecía una persona, sino que balaba un poco, despacio.

Las vecinas querían echarme una mano, y no sé por qué decían echar una mano si lo único que querían era meter las narices en mi casa y organizarme la vida. La vecina de al lado en más de una ocasión se ofreció para asear a mi madre. Mejor dicho, mandar a su criada para que me ayudara a asear a mi madre, pero le dije tozuda que no porque aquella criada fue la que me dio la dirección donde encontrar a Tico, y lo encontré. Aun así, como la puerta siempre estaba abierta, mi vecina la mandó con algo de fruta, porque mira la pobrecilla, es decir yo, y cuando llegó a la habitación de mi madre y me pilló hablándole tonterías, me dio tal susto que le lancé lo primero que encontré: un libro del colegio que a veces le leía a mi madre. Ella se asustó y tiró la fruta por el suelo. Yo me asusté, mi madre se asustó. Todos asustados y aquella mujer dentro de mi casa, yo humillada por hablarle a mi madre sin que me contestara.

Aunque nadie volvió a entrar sin llamar antes a la puerta, siguieron intentando ayudarme, es decir intentando saber cómo estaba mi madre para poder contarlo por ahí. A mí me molestaba y complacía por igual. Mi madre estaba en cama, mi abuela desaparecida y mi padre muerto. Eso era lo que había, e intentaba tenerlo presente para que no me sorprendiera, porque a veces te olvidas de lo que te está ocurriendo. No quería olvidarme.

Los domingos, erre que erre, iba con flores a la tumba de mi padre porque parecía el único alivio de aquellos tiempos. Mi tío tomó por costumbre acompañarme el primer domingo de cada mes y decía que era para que no me sintiera tan sola, pero yo sabía perfectamente por qué lo hacía. Me daba lo mismo: echar una mano era meter las narices, acompañar a tu sobrina era salir para entretenerse.

Con mi madre enferma, irremediablemente me convertí en la pobre Mariela, más todavía, porque todo se había vuelto tan triste que la gente me observaba conmovida. El único que parecía no conmoverse era Tico, que no se acercó a mi casa ni un solo día, pero me imagino que si no puedes ver desnuda a tu mujer porque te lo ha prohibido desde que perdió a un hijo, ya bastantes cosas tienes que resolver. Bastante tenía con *lo suyo*.

—La pobre. ¿Y quién te prepara la comida?

—A veces mi tío…

El primer domingo de cada mes, después de acompañarme a ver a mi padre (es un decir), mi tío volvía conmigo a casa y se quedaba un rato para ver cómo seguía mi madre, que seguía exactamente igual, gimiendo y con los ojos casi cerrados. Poníamos dos sillas a un lado, como si estuviéramos velando, y ahí nos quedábamos hablando un poco y hablándole a mi madre, aunque sabíamos que no nos iba a contestar. Igualmente le hablábamos porque se decía que era bueno hablarles a los enfermos, porque aunque ellos no hablen, sí oyen, y si empiezas a obviar su presencia y no les hablas, se les quitan las ganas de ponerse mejor porque sienten que son un estorbo, como un mueble más.

Si mi madre no quería ser un mueble más, bastaba con que se levantara y se comportara como una mujer de verdad, pero mi tío decía que debíamos ser buenos con ella porque estaba enferma. No podíamos tenerle en cuenta nada de lo que hacía porque estaba enferma y como estaba enferma había que hablarle para que no creyera que era un mueble. Y por supuesto que no era un mueble, porque a un mueble no tienes que prepararle la comida ni asearlo una vez al día.

Mi tío se encargaba de asear a mi madre el domingo que venía porque yo ya lo hacía el resto de la semana, y así podía descansar un poco, echarme a dormir, ir al río, volver al cementerio, o lo que fuera.

—Haz lo que quieras, lo que te apetezca.

Pero me daba cuenta de que cuando alguien se ocupaba de mi madre, yo no tenía nada que hacer y ya no me acordaba de cómo era ser normal. No sabía en qué emplear mi tiempo cuando no tenía que cambiarle a mi madre la ropa, las compresas, darle de comer y hablarle un rato por las noches. De modo que me quedaba en la habitación y observaba cómo lo hacía mi tío, que para ser un hombre y soltero, que era una mala combinación según las vecinas (que preferían un viudo, como el padre de Tico), lo hacía bastante bien. Cogía a mi madre por un pie y después por el otro, los lavaba con mucha delicadeza, y después iba subiendo hasta la cabeza. Pensé los primeros días que le costaría un poco asearle… ahí, en su intimidad, pero no: sin ningún pudor, pero con la misma delicadeza, la aseaba entera, entera completamente.

—Parece que llevas toda la vida haciéndolo.

—Parece que naciste para esto.

Ésas eran las dos frases que yo utilizaba para alabar a mi tío, y él cogía en volandas a mi madre y me pedía que le quitara las sábanas y le pusiera otras. Yo obedecía con gusto, contenta de que alguien se hiciera cargo de ese tipo de cosas, pero no podía olvidarme de que era una niña, una señorita, y tenía que hacer lo que me correspondía por edad y debería salir o hacer algo. Y, desde luego, aunque fuera una señorita, no me correspondía una madre deprimida, o lo que le pasara, ni un padre de mierda muerto, ni un tío que...

Lo que sé de mi tío. Efectivamente, mi tío resultó ser una persona de lo más despreciable, un animal, un salvaje, o eso van diciendo las monjas. Se aprovechó de que tanto mi madre como yo estábamos desvalidas y necesitadas, y empezó a utilizarnos para limpiar su conciencia, librarse de los remordimientos. Como digo, los primeros domingos de cada mes venía conmigo y atendía a mi madre, y de paso me atendía a mí, porque después hacía la comida, comíamos juntos y nos quedábamos descansando en el salón, hasta que mi madre despertaba de la siesta, si es que abrir los ojos como ella los abría era despertar de algo. Entonces íbamos a su cuarto a merendar juntos mientras hablábamos con la dichosa enferma.

La habitación de mi madre no tenía ventana, así que siempre debíamos tener una luz encendida. Y todo el día, para que no pensara que nos olvidábamos de ella. Durante una hora le dábamos la merienda como si fuera una niña pequeña, y ella, igual que una niña pequeña, se negaba y acababa comiendo a la fuerza. Por un momento sentí que formaba parte de algo, y las vecinas, entrometidas como no hay en el mundo entero, decían que se me veía muy bien.

—¡Se te ve muy bien!

Que mi tío estaba haciéndome de padre, decían, y así debía ser. Claro que lo decían en tono sarcástico porque ellas, a diferencia de mí, sabían perfectamente que mi madre y mi tío habían tenido una aventura antes de que mis padres se casaran. Por lo visto lo sabía todo el mundo menos yo, pero ya estaba acostumbrada a eso.

Como mi madre estaba deprimida o triste, o simplemente enferma, no podía hablar con ella de lo que estaba ocurriendo, y me refiero a que mi tío estaba intentando sustituir a mi padre, que no tenía sustituto porque nadie le había olvidado y yo, la que menos. Me vi obligada a hablar con él de las ideas que me rondaban, porque me estaban incomodando hasta el punto de no soportarlo a él, con lo bien que se estaba portando. Decidí hablar ero no un día cualquiera, sino un domingo, y no uno cualquiera ni en cualquier sitio, sino que pensaba hablar con él en el cementerio, delante de la tumba de mi padre.

Como siempre, me esperaba a las doce del mediodía donde las flores. Acostumbraba a comprarlas antes de que llegara, cosa que me ofendía muchísimo porque me impedía decirle a la señora mi frase de consolación: deme flores para la tumba de mi padre; la parte buena era que me ahorraba el dinero de las flores y podía emplearlo para lo que quisiera. Cuando estuvimos frente a la tumba de mi padre, me dio las flores para que las colocara yo mientras él recogía las que ya estaban secas y se dirigía hacia la basura para tirarlas.

—Tú no eres mi padre.

Mi tío se quedó paralizado y no entendió si estaba de broma o hablaba en serio, aunque yo nunca hablaba en broma y menos para decir la palabra padre, que era tan difícil de pronunciar y eso porque nunca tenía ocasión de hacerlo. Volví.

—Que tú no eres mi padre.

—Eso ya lo sé.

Y así empezó una conversación algo hostil y desagradable, sobre todo porque era con la única persona que me estaba tratando bien, la única persona que no me había echado a un lado, desatendido. Mi tío se estaba haciendo cargo de mí, y cuando digo cargo de mí no me refiero a las palmaditas en el culo y las monedas, sino que me hacía la comida y me ayudaba a cuidar de mi madre, que estaba IDIOTA, que me cansé de decir que estaba deprimida o enferma.

Le dije que me había enterado de que antes de que mis padres se casaran, mi madre y él habían tenido una historia de amor, marcando mucho la palabra amor. Me esperaba una bronca, pero mi tío no tenía ganas de pelear ni de hacerme rectificar, así que soltó una risa burlona que me molestó bastante. Se lo hice saber escupiendo en el suelo. Después me arrepentí, porque aunque era de lo único que tenía ganas, estaba frente a la tumba de mi padre, en el cementerio, y no quería faltarle al respeto a nadie con aquel gesto.

Mi tío me dijo que ése no era lugar para discutir una cosa así, pero era precisamente el que yo había elegido para discutir una cosa así.

—No seas estúpida.

—Encima me insultas.

—Es que no es para menos…

—Hasta que no te disculpes, no te hablo.

—Mariela, por favor.

Necesitaba aquella discusión porque necesitaba saber que mi tío no se ocupaba de nosotras por una especie de venganza o peor, remordimiento. Si había una sola persona que me atendía y era por motivos que no tenían nada que ver conmigo, con el afecto, prefería que no hubiera nadie haciéndose cargo ni de mí ni de mi madre en la cama.

Cuando el hombre creyó que ya estaba un poco más tranquila y que sabría encajar una broma, dijo:

—Mujer, si todo queda en casa.

Así que me vi obligada a soltarle una buena bofetada en la cara, con la mano abierta. Hasta me dolió. De nuevo me sentí mal porque todo pasaba delante de la tumba de mi padre, y aunque estaba convencida de que ahí dentro no estaba su cadáver, me estaba portando mal.

Mi tío intentó abrazarme para que me calmara, pero un abrazo compasivo era lo que menos quería y necesitaba. Además, no recordaba quién me había dado el último abrazo y me sentía bastante incómoda. Dijo que había sido una tontería, un coqueteo de nada, que ni mi padre ni él le habían dado ninguna importancia, pero yo sabía que estaba mintiendo, porque había estado investigando en el pueblo, que era la única manera de averiguar algo de mi familia, y sabía que mi madre había estado muy enamorada de él y que si se había casado con el hermano fue porque mi tío no quería comprometerse. Vaya si lo sabía...

Sabía, porque en el pueblo todo se sabe, que mi madre fue presentada como la novia de mi tío en casa de mis abuelos, a los que no conocí porque murieron antes de que yo naciera. Por entonces mi abuela materna y mi madre, madre e hija (es un decir), habían tenido fuertes discusiones porque mi madre quería ponerse a trabajar y mi abuela quería mandarla a la ciudad para que estudiase algo, por poco que fuera.

Si mi madre quería quedarse en el pueblo trabajando era precisamente porque se había enamorado de mi tío y alejarse del pueblo significaba asumir que mi tío encontraría a otra para casarse y formar una familia, que era lo máximo a lo que aspiraba una mujer entonces y, sospecho, ahora, pero mi tío no pensaba encontrar ni mujer ni nada, se fuera o no mi madre.

Como la abuela y ella no se hablaban, mi madre pasaba mucho tiempo en casa de sus suegros, mis abuelos, a los que no conocí porque están muertos. Por entonces era la novia de mi tío y todos estaban encantados porque habían creído que se iba a quedar soltero y una madre no quiere eso para su hijo, lo único que quiere es que quepa dentro de lo establecido y lo establecido era tener una esposa, una casa y una familia. Mi tío parecía haber encontrado lo primero y lo demás sólo era cuestión de tiempo.

Entonces ocurrió algo inesperado: una muerte. Mi abuela paterna enfermó, y aunque parecía un catarro mal curado, como se dice, se complicó y acabó muriendo. A mamá no le quedó otro remedio que instalarse en casa de su novio. Digo que no le quedó otro remedio porque la relación con mi abuela iba cada vez más a peor, estaban distanciadas y aunque mi madre no tenía ninguna intención de poner de su parte, lo cierto es que mi abuela se acobardó y no se atrevía a dar ella el paso, por miedo al rechazo, dicen. Muerta la suegra, alguien debía hacerse cargo de aquellos tres hombres que habían quedado sin mujer alguna que los cuidara, una orfandad distinta.

Mi madre consiguió deshacerse de la ciudad y los estudios inútiles (en boca suya) que tenían previstos para ella, y pudo ejercer de mujer de su casa (la de su suegra) (muerta). Enterraron a mi abuela, donde está mi padre o debería, y mi madre tomó el mando de aquellas vidas con placer. Con esto no estoy diciendo que se alegrara de que mi abuela muriera, pero en cierto modo le vino bien. De modo que así estaba y así seguía y a todos les parecía bien menos a las vecinas, que no veían con buenos ojos que mi madre estuviera viviendo con tres hombres sin haberse casado, sin ser formalmente de la familia. Así que mi madre se vio obligada a comprometerse en serio con mi tío, pero entonces él, después de darle el anillo de mi abuela, como mandaba la tradición, se marchó al servicio militar.

Mi padre, como era menor, no tenía que ir todavía, así que mi madre (y su anillo) se quedaron con su cuñado y con su suegro, dando por sentado que a la vuelta del servicio militar se casarían y formalizarían la situación. A mi abuelo, por lo visto, le daba igual, porque dicen que era un hombre muy liberal y comprendía la situación, además de estarle muy agradecido a mi madre por instalarse en su casa y hacer la ausencia de su esposa un poco más soportable. En la bondad de mi abuelo todo el mundo coincide, así que supongo que será cierta.

A estas alturas de la historia lo más normal, sabiendo cómo acabó, es pensar que mis padres se enamoraron en ausencia de mi tío, y que mi tío se sintió traicionado. Pero no. Mi tío, desde el servicio militar, le mandó una carta a mi madre diciéndole que no podían casarse porque había tenido tiempo de pensar y se había dado cuenta de que no quería casarse, de que casarse era de cobardes. Se había dado cuenta (se pasaba el día dándose cuenta) de que no la echaba de menos, de que no pensaba en ella y que no le angustiaba la idea de que estuviera en casa sola con su hermano, y decía eso porque conocía los sentimientos de mi padre hacia ella, que sabía más fuertes que los suyos.

Le mandó la carta y le dijo que en los días de permiso, como comprendería, no pensaba ir a su casa porque le resultaría violento y sería una situación desagradable para todos. Lo único que le pedía era que, a su regreso, cuando el servicio militar finalizara, mi madre hubiera vuelto con la abuela, y que creía conveniente que hiciera las paces cuanto antes con ella, porque él sabía qué significaba perder a una madre y creía que era una crueldad no hablarle a la mujer que te había traído a la vida (es un decir), por más que no se entendieran.

Mi madre se ofendió muchísimo, más que por la boda anulada, por aquellos consejos que mi tío le daba, dicen, porque mi tío había idealizado (según mamá) la relación con su madre desde que había muerto, y se pasaba el día hablando de ella con un cariño que no tenía nada que ver con la dureza con que la trataba en vida; así que le ofendía que le diera consejos sobre su madre y además ella estaba luchando por su futuro y era más que lícito enfadarse con una madre por una cuestión tan importante como el futuro.

En realidad creo que mi madre trataba así a mi abuela porque entonces ya le habrían ido con la historia de que la abuela no era de verdad su madre, pero en principio no se hablaban por el futuro, por los estudios. Dicen que no se ofendió por la boda anulada, sino que primero sintió una tristeza profundísima pero después, unas semanas más tarde, cuando reaccionó, se enfadó como sólo mi madre sabe enfadarse, con ganas.

Como yo también perdí a mi padre, me gustaría decirle a mi madre que es facilísimo idealizar a un muerto, porque nunca te va a decepcionar, pero ya tampoco puedo contárselo a ella. Del muerto es fácil hablar y confiar en él, es alguien que se adapta a tu necesidad, a tu añoranza, y se va moldeando hasta que es justo como tú deseas; a mí me pasó con mi padre, por eso sé tantas cosas sobre los muertos.

Cuando me contaron toda la historia, creí al principio que mi tío y yo teníamos mucho en común, y pensé que en realidad es necesario idealizar a un muerto y también es necesario idealizar a los que han pasado por el mismo dolor que tú, o parecido.

Mi tío había perdido a su madre y pronto al padre, pero en realidad, ahora que lo pienso, en el fondo no teníamos nada que ver. Por eso, porque no teníamos nada que ver, me podía permitir escupir a sus pies en la tumba de mi padre, aunque fuera un acto mezquino y del que no me siento orgullosa ni siquiera ahora que ha pasado el tiempo, y el tiempo también idealiza las cosas o las ensucia, según lo que le quites o le añadas. Mi tío necesitaba reconciliarse con su madre porque se había muerto y ahora que mi madre estaba tendida en la cama, sin poderse mover porque tenía una depresión de caballo (eso decían, supongo que es un decir), empezó a venir a mi casa y a hablarle y a tratarla con más dulzura. ¿Por qué? Porque si se moría, tendría que reconciliarse con ella después, demasiado tarde, y prefería quedarse tranquilo. Yo, en cambio, tenía una actitud pasiva con respecto a mi madre. Sabía que a lo mejor se moriría y me quedaría huérfana del todo, pero era incapaz de reconciliarme, sobre todo porque nuestro desapego era algo que nos concernía sólo a nosotras, sólo a nosotras por dentro, si es que se entiende la expresión.

Si mi madre y yo nos hubiéramos enfadado por los estudios, por si me casaba o no, por cualquier cosa importante (es un decir), entonces cabría que una de las dos se disculpara y encontráramos la manera de hacer las paces, pero nada de eso. Lo nuestro estaba hecho de silencios, y con eso cuesta negociar. Pero de todas formas podía comprender que mi tío viniera con otras intenciones, con ganas de no tener más peso, más muertos mojados, porque mi abuelo, es decir su padre, murió una semana antes de que él volviera del servicio militar.

Mi madre y mi padre, que entonces eran solamente cuñados, aunque ya ni siquiera eso porque mi tío la había plantado por carta, se habían quedado solos en casa, a una semana de que volviera el hijo que faltaba.

—No te vayas, por Dios.

Mi padre le pidió a mi madre que no se fuera, porque se había quedado huérfano en poco tiempo, y su hermano estaba lejos y él, bueno, él estaba enamorado de mi madre, que estas cosas pasan. Mi madre no quería irse.

—A menos que me eches, no me voy.

A mi madre no le pasaba por alto que mi padre estaba enamorado de ella, porque mi tío se lo había dicho a menudo, de modo que se aprovechó. Lo digo sin ningún reparo, porque ciertamente mi madre se aprovechó primero de la tragedia de la muerte de sus suegros y después de la necesidad que tenía mi padre, y sobre todo del amor que sentía por ella. Del único que no podía aprovecharse era de mi tío, que era precisamente de quien ella quería aprovecharse, así que me imagino que se las apañó utilizando a mi padre para acercarse a él. Esto no puedo asegurarlo porque para eso tendría que haber hablado con mi madre, y yo sólo entiendo de muertos, no de madres. Además, yo estaba dispuesta a muchas cosas, a casi todas las cosas, menos a pedirle explicaciones, y menos sobre un tema tan íntimo como es el aprovechamiento de los seres queridos, que quien más quien menos lo ha hecho alguna vez y sin rendirle cuentas a nadie.

Durante la semana en la que estuvieron solos en casa, arreglando toda la burocracia que acarrean las muertes, mi padre se hizo cargo de mi madre, porque por lo visto era mi madre la más afectada, dicen: estaba enfrentada a mi abuela, el hombre del que se había enamorado la había plantado con un anillo de compromiso en el dedo, sus suegros se habían muerto y sólo le quedaba en el mundo (es un decir) su cuñado, que estaba enamorado de ella. A mí ahora me parece imposible que mi padre estuviera enamorado, porque por lo visto después, cuando la guerra, todo se echó a perder, y yo creo que si se echó a perder fue porque su amor estaba hueco, era un vacío en la vida de ambos, pero eso ya son suposiciones.

Solucionaron el papeleo de la muerte, la casa, el entierro, donde ahora está mi padre (es un decir) y yo voy con las flores. Y después, dos días antes de que llegara mi tío, se hizo un gran silencio en la casa. Tarde o temprano aquella mujer de la que mi padre estaba enamorado tendría que volver con su madre, porque no podía seguir en casa de dos hombres solteros sin estar casada o prometida con alguno de ellos, y la noticia de que mi tío había plantado a mi madre había corrido como la pólvora.

Entonces mi padre le dijo que la acompañaría. El mismo día que mi tío volvía del servicio militar, mi padre fue con mi madre a casa de mi abuela, y allí estuvieron hablando en presencia de él sobre aquel distanciamiento y cómo se había enfriado la relación hasta el punto de haberse ido ella de casa para cuidar a una familia que no era la suya. Así parece que mi madre y mi abuela se reconciliaron. Pero no fue hasta más tarde cuando se reconciliaron de verdad, de corazón.

Para mi abuela era dolorosa aquella hija a medias, que eso de vivir a medias es difícil. Cuando siempre te falta algo, la sensación con la que vives es de *incomplitud*, si se me permite la palabra. Ahora sé que la abuela no podía tener hijos y sin embargo tenía una hija, que era mi madre, y tenía una nieta, yo, aunque en realidad no lo era rigurosamente.

En aquel encuentro, presenciado por mi padre, mi madre insinuó en más de una ocasión la verdadera historia, y la conversación fue bastante extraña, porque parecía que estaban resolviendo problemas antiguos y lo único que hacían era hablar en clave y añadir más confusión al asunto, sobre todo para mi padre que no se estaba enterando de nada. La abuela decía siempre que no había historias verdaderas o falsas, que sólo había historias. Cuando salieron de allí, mi madre le dijo a mi padre que sabía con certeza que no era hija de aquella mujer a la que habían visto, la abuela, con la que habían hablado, y mi padre calló, pero el pueblo entero lo sabía.

Ahora me parece rarísimo que mi padre fuera así, que se interesara por mi madre y por la madre de mi madre, y por si estaban enfadadas o no, y supongo que lo único que hacía era, como todos los demás, aprovecharse de la situación. Porque mi madre estaba como cualquier mujer a la que abandonan en un momento crucial de su vida. Todo lo que había proyectado se había esfumado, y ya sólo le quedaba aquel hombre que era mi padre, que se portaba bien, se portaba mejor que bien.

Cuando finalmente mi tío volvió y se instaló en su casa, una casa vacía, una casa de huérfanos, tuvieron una conversación mi madre y él. Mi padre se metió en su habitación y mi madre acudió puntual a su cita con mi tío, que la esperaba como se espera a la nada. Mi madre le daba pena y yo de la pena ya se sabe lo que opino, así que me puedo hacer una idea de cómo se sintió.

Se reunieron en el salón y allí estuvieron hablando, porque mi madre insistía en que *tenían que hablarlo*, que no era muy común, porque entonces las cosas no se hablaban y ya está, no había necesidad, y si había necesidad no importaba, nadie estaba dispuesto a darle más de dos vueltas al mismo tema. Me extraña que mi madre quisiera hablarlo, pero es lo que dicen. Si hubiera sido por mi tío, no se habría hablado nada, no te quiero y punto, cada uno a lo suyo, pero mi madre insistía en dos puntos de aquella vergüenza:

—Que la dejara mirándola a los ojos.

—Que ella quería devolverle el anillo.

A mi tío le parecía una tontería tener que dejarla otra vez mirándola a los ojos, pero mi madre estaba convencida de que una vez la viera, sería incapaz. En cuanto al anillo, le dijo *quédatelo* porque entonces, ya en el servicio militar, tenía decidido que no pensaba casarse, y que si alguien debía tener aquel anillo era mi madre, porque en el fondo la había querido, o eso era lo que decía. Pero a mi madre aquel anillo le parecía una limosna, las sobras, y no lo quería. Cuando vio que mi tío podía dejarla mirándola a los ojos, se echó a llorar, dicen, y para mí que ha sido la única vez en su vida que ha llorado, a excepción de cuando pelaba las cebollas antes de salir a la calle, en cuanto se quedó viuda. Después ya ni intentaba disimular.

Se echó a llorar y mi padre, que entonces sólo era el cuñado, y ni eso porque se habían dejado, mi padre salió hecho una furia, y todo porque había oído a mi madre llorar; creo que le pasaba como a mí con la abuela.

—¡Hijo de puta!

Los hermanos se pelearon, se pelearon como salvajes, pegándose y revolcándose por el suelo. Y mi madre delante, sin saber muy bien por qué estaban peleando, pedía que pararan, que por favor pararan, aunque en el fondo lo único que deseaba era que pelearan por ella, o que mi tío estuviera peleando por ella. Después de comportarse como dos animales, se quedaron un segundo en silencio y luego, mira tú, empezaron a llorar.

Supongo que se pelearon igual que mi madre se comió mi pastel de cumpleaños, y que la mente y el cuerpo humano funcionan así, es decir no funcionan, y a veces necesitan actuar desordenadamente porque a su alrededor todo se ha desbordado. Eso digo yo.

Mi tío se levantó y se marchó de casa, se fue a la taberna y se puso a beber, y como su padre se acababa de morir nadie le dijo nada. Todo lo contrario, la gente le invitaba y cuando ya estaban en confianza, quiero decir borrachos, comentaban que tampoco era cosa tan mala haber plantado a su prometida, porque el matrimonio está sobrevalorado y lo peor que puede hacer un hombre es casarse, y más si se casaba con una chica pobre, como era el caso.

Y mientras mi tío se emborrachaba y hacía eso despreciable que se hace, criticar a las mujeres en cuanto se reúnen cuatro amigotes, mi padre estaba llorando, en el suelo al principio y en los brazos de mi madre después. Mientras voy recordando..., no recordando porque no lo viví, pero sí rememorando la historia que me contaron, tengo la sensación de que no estoy hablando ni de mi madre ni de mi padre. Que tenga esa sensación con mi padre aún, porque al morir empecé a inventarme uno a medida, pero a mi madre la seguía viviendo y conociendo, y me parece increíble que aquella mujer fuera la misma. La verdad es que la madre que estaba metida en cama, deprimida como un caballo o como un animal más grande todavía, no se parecía en nada a la mujer que estaba frente a mi padre, que acababa de darse una paliza con su hermano, que era huérfano, que se había enamorado de la prometida equivocada. No tenía nada que ver porque entonces mi madre se conmovió, dicen, que las mujeres nos conmovemos por cualquier tontería y más cuando tiene que ver con los hombres. Lo digo porque a mí me pasaba lo mismo con Tico cuando me contaba cosas de su madre, de la muerte de su madre, y me daban ganas de cuidarle. Al final le acabó cuidando otra, una que además no se desnudaba nunca delante de él, y yo que me alegro porque conmigo habríamos estado semanas enteras desnudos si hubiera hecho falta, los dos.

Claro que eso lo pienso ahora, entonces me daba pena como supongo que mi padre también le daba pena a mi madre, y de ahí el beso. Porque sí, en aquella escena lamentable en la que se encontraba mi padre, mi madre le estuvo dando curas en las heridas, de los puñetazos y las patadas y arañazos y en fin, la salvajada. Cuando acabó de curarle, se besaron. Dicen que mi madre después, a las semanas, todavía se estaba disculpando ante mi tío y diciéndole que había sido un error, que más que un error había sido una debilidad porque se sentía tan despreciada por él. Si mi tío le pedía que volvieran, podía asegurarle que no sentía absolutamente nada por mi padre. Pero mi padre ya estaba haciendo planes, ahí ya se vio que la cosa bien no iba a acabar, y a las pruebas me remito.

Tras arrastrarse por mi tío, y tras las múltiples explicaciones que le dio él sobre su negativa y los motivos de su negativa, mis padres acabaron casándose, él feliz y ella resignada.

Si digo que no soy hija de mi tío, es porque para tener un hijo se necesita menos frialdad. Aunque no desees ser padre, aunque sea un descuido, como le ha pasado a tantas chicas de mi edad, que tienen hijos sin buscarlos, para que eso pase se necesita un poco de ternura y unos segundos de vulnerabilidad. Es así, con la vulnerabilidad y la ternura, como nacen los hijos que no se han buscado, y mi tío no se anda con esas cosas, aunque eso es un decir, porque cuando aseaba a mi madre parecía otro. Por eso sé que soy hija de mi padre, un hombre que imagino vulnerable y tierno, que para eso también está la imaginación.

Los problemas no se habían acabado. Siendo mi tío soltero, y no sólo soltero sino también huérfano, por derecho le pertenecía la casa de sus padres hasta que también él se casara. Pero como no pensaba hacerlo y mi madre no tenía trabajo y mi padre ganaba muy poco siendo contable, querían que se marchara de casa, que él no la necesitaba tanto como ellos. A decir verdad, y es lo que se cuenta en el pueblo, era mi madre la que intentaba por todos los medios fastidiarle la vida a mi tío, y lo cierto es que eso ya me va cuadrando más con la madre que yo conocí, la que me pedía que no exagerara.

Mi padre lo único que quería era mantener alejados al máximo a su hermano y a su mujer, porque todavía creía que en cualquier momento podían reconciliarse. De modo que le daba igual si se quedaban en una casa o se veían obligados a buscar otra, o incluso a vivir con sus suegros, que fue lo que finalmente ocurrió, aunque mi madre no quería rendirse porque ya se había conformado con mi padre, y lo digo así porque eso es lo que parece, que mi madre se conformó con mi padre, no sé si para estar cerca de mi tío o como venganza, suponiendo que a mi tío le afectara lo más mínimo. Mi padre se negó a seguir discutiendo y a seguir peleando por una casa que no le importaba lo más mínimo, y la abuela ofreció la suya a los recién casados para que vivieran una temporada con ellos, que por aquel entonces mi abuelo todavía no había desaparecido.

En mis primeros meses de vida, la abuela se hizo cargo de mí porque mi madre se quedó muy débil. Algo pasó en aquella intimidad maternal para que se reconciliaran definitivamente. La gente dice que mi abuela le reconoció a mi madre que era su tía, y que si no se lo había contado antes era porque se sentía rara acogiendo a una hija que no era suya, aprovechándose de la muerte de una hermana, y como despreciable por ser incapaz de tener un hijo propio. También decían que a mi madre la maternidad le sentó muy bien, se calmó.

Que a mi madre la maternidad la calmó sólo pueden decirlo los hipócritas, porque esa mujer de la que hablaban y la mujer que yo conocí no tienen nada que ver; en el fondo yo pienso que tener una hija de mi padre le gustaba tan poco como estar casada con él. Todos decían que le había sentado bien porque cuando una persona está en su casa sin armar escándalos, sin enfadarse con nadie, metida hacia dentro, la gente tiende a pensar que ya se encuentra bien, que las cosas se han arreglado. Se tiende a pensar así porque de lo contrario sería demasiado incómodo, y la gente en el pueblo lo último que quiere es eso, vivir incómoda, andar pensando que todos viven asfixiados.

A mí sin embargo no me cuesta nada reconocer, así se lo digo a las monjas, que vivía asfixiada. Cuando iba al solar de mi padre (es un decir) y me ponía la tierra en la boca, aquella tos impertinente, de polvillo, se parecía mucho a cómo vivía yo y cómo vivían todos, pero yo lo digo, que no soy una hipócrita.

Mi tío siguió en su casa, huérfano ya del todo, incluso huérfano de hermano, si es que existe tal expresión, y no parecía que le molestara lo más mínimo. Para colmo seguía sin casarse pero nunca estaba solo, lo cual era todavía peor, una asquerosidad. Si al menos hubiera desmentido que se acostaba con las putas, pero ni eso, que encima presumía.

Lo que vino después de las cosas que sé ya es más confuso, porque la gente dice que se siguieron viendo hasta que mi padre les pilló, también dicen que mi padre amenazó de muerte a su hermano si se acercaba a su mujer. Dicen cualquier cosa porque quién les va a impedir que rumoreen y hagan circular tantas historias como bocas hay en el pueblo, y diré bocas sucias porque así son todas, sin excepción. Las bocas de las monjas incluidas, aunque se esfuercen más por disimular.

El único momento de equilibrio, y siempre ocurre así, fue el tiempo de guerra. Ya nadie era hermano de nadie, ni valía un suegro si no era de tu bando, y los padres mejor estaban muertos que en lucha. Y a la vuelta, mi padre ya era otra persona. Una persona que gustaba todavía menos a su mujer y, por qué no reconocerlo, a su suegra.

Mi padre quiso reconciliarse con su hermano, porque se había sentido verdaderamente solo en la guerra, solo como únicamente te puedes sentir en la guerra, y se acercó a casa de sus padres porque quería hablar con él y preguntarle cosas y hacer las paces, como dos buenos hermanos. Mi tío aceptó las disculpas y así empezó la tregua que se dieron, que duró hasta que mataron a mi padre. Si se cuenta rápido, como lo cuento yo, parece que no sea nada, pero pasaron años hasta que mi padre y mi tío volvieron a hablarse.

Al acabar la guerra, mi padre y mi madre se instalaron en otra casa. Ya no tenían que vivir con mi abuela, que se quedó sola de la noche a la mañana, de la guerra al final de la guerra. Ésa fue nuestra primera y única casa, la misma donde yo crecí y mi madre pelaba cebollas al quedarse viuda.

Lo que sé ahora de mi abuela es que no podía tener hijos. Mucha gente decía que era mi abuelo el que no podía tenerlos, quizá por disculpar a la mujer, porque una mujer seca, así la llamaban entonces a la mujer estéril, una mujer seca era una mujer profundamente triste. Claro que después supimos que quizá mi abuelo sí podía tener hijos, suponiendo que la niña pequeña sea hija suya y no de otro hombre, que a estas alturas ya me espero cualquier cosa.

Mi abuela no podía tener hijos y eso la convertía en una mujer desdichada, porque toda su vida había querido formar una familia. Si mi abuela quería formar una familia era porque la que su madre formó no se parecía en nada a la que ella tenía en mente. Su madre era muy estricta con ella y con sus hermanas, y sin embargo a su marido le permitía cualquier cosa, incluso las infidelidades. Mi abuela decía que no le perdonaría nunca a su madre que su padre le hubiera parecido perfecto, pero a las madres hay que perdonarles todo, o eso es lo que me dicen las monjas cuando hablo mal de mi madre, que es casi siempre.

La abuela quería demostrarse a sí misma, y a sus hermanas, que había otras maneras de querer, y también satisfacer sus carencias, ocupar sus vacíos con hijos, un marido, la casa. Pero entonces supieron que no podía quedarse embarazada por más que lo intentara, y mi abuela a punto estuvo de caer en una depresión. A todas esas una de sus hermanas murió en el parto, es decir en el nacimiento de mi madre, y todos estuvieron de acuerdo en que fuera mi abuela quien criara a aquella recién nacida. Incluso el padre, que estaba destrozado por la muerte de su esposa y en lo último que pensaba era en criar solo a una niña. El padre se marchó del pueblo porque se le hacía muy cuesta arriba quedarse allí. Se fue, y era el padre de mi madre, es decir mi abuelo, y no se supo nada más de él.

Como en cualquier otro acontecimiento de mi vida y la de mis antepasados, la gente en el pueblo tenía algo que decir, y lo que la gente decía, lo que sé, es que murió joven o se suicidó. Cualquiera de las versiones es creíble, porque ningún padre podría vivir sabiendo que su hija no está con él, no la conoce y no sabe cómo huele o qué le gusta para comer. Aquel hombre debía de estar muerto, porque si no habría vuelto. Eso digo yo.

Mi abuela entonces acogió a mi madre y la crió como si fuera una hija, porque era lo más parecido a una hija que podría tener, que incluso era sangre de su sangre. Dicen, ¡dicen!, que hasta se la ponía en el pecho para que mamara, porque había quedado profundamente trastornada de su *sequedad*, una sequedad interior que le iba comiendo las entrañas y hasta los hijos que pudiera engendrar, de modo que se ponía a mi madre a mamar para sentirse más mujer, una persona que podía concebir, no una mujer seca.

Me cuesta mucho creer esta historia porque conocí a mi abuela, hasta dormía con ella en la cama supletoria. No me parece que estuviera loca ni que ser una mujer seca le doliera tanto, porque yo por ejemplo no voy a tener hijos y no me pasa nada. Si no voy a tener hijos es porque quiero que la mala suerte que arrastra toda mi familia se acabe. Que otras familias se ensanchen y se reproduzcan, pero mi tío no tuvo hijos y así está bien, y si yo no tengo ningún hijo, cuando me muera estaremos todos en paz, sin flores, todos en una tumba llena, por fin, calladitos, que es como mejor estamos, como sabemos estar.

Mi madre creció, por así decirlo, buscando problemas. Mi abuela nunca le contó su historia, nunca le dijo que en realidad era su tía y no su madre, aunque los hay que dicen que sí lo hizo; es decir, igual que yo, que bien podría ser hija de mi tío pero no, lo soy de mi padre, y mi madre al revés, que es hija de su tía, porque su madre murió. No es sencillo entenderlo a la primera.

Digo que mi madre creció peleona porque nada le parecía bien, hasta que se fue a casa de sus suegros porque había discutido con su madre (su tía, en realidad). Era como si mi madre lo sospechara todo, como si supiera que en realidad no era quien le decían que era, aunque en la calle le decían de quién no era y tampoco le valía, no le valía nada. Parece una tontería pero no lo es, porque a veces el cuerpo te hace anticiparte, no se sabe cómo, y te va dirigiendo, reconduciendo; eso decía siempre mi abuela. Por lo visto, a mi madre todo el mundo le iba con la historia de su madre, que murió en el parto, pero ella siempre esperó que la abuela se lo contara, y la abuela no estaba dispuesta a contárselo, es lo que pienso, porque entonces tendría que volver a sentirse una mujer seca, mientras que con la crianza de aquella hija se había sentido una mujer corriente, que es lo que nos gusta a todos, que nos consideren corrientes y poder actuar con naturalidad, sin tener en cuenta lo que los demás estén pensando a cada momento de nosotros.

Si me pidieran mi opinión, diría que la abuela se equivocó, porque mi madre tenía derecho a saber que en realidad ella era su tía, pero, sinceramente, no sé si creerme esta historia, porque en el pueblo estamos todos tan aburridos que a saber si no es una invención más. De todas formas, si mi madre quería saber la verdad porque creía que estaba en su derecho, tendría que haber pensado que yo, igual que ella, también quería saber dónde estaba mi padre, su cadáver.

Lo que sé es que mi madre era hija única, raro para la época, y que mi padre no podía hacerle entender que su hermano era algo sagrado y no quería seguir peleando con él. Y así pasaron los años, y mi padre tuvo tiempo de convertirse en un rojo de mierda, y de equivocarse de bando en la guerra, según todos, porque en el pueblo predominaban *los otros*. A la vista está que sí, que se equivocó.

Mi madre estaba en la cama y yo pasé de ser *Mariela, la pobre, huérfana*, a ser *Mariela, la pobre, cuidando de su madre*, y la cuestión era que de unos a otros nos íbamos pasando la pobreza, por así decirlo, porque había días que el pobre era mi padre, o eso creía yo, y otros días compartíamos mi madre y yo. De la abuela nadie hablaba excepto para recordar que mi madre no era su hija y que era una mujer seca. Yo me preguntaba si en el resto de las familias no pasaba nada *extraordinario* como en la mía, si no podían ocuparse de sus asuntos, y por qué teníamos que estar siempre en el punto de mira.

Los domingos seguía yendo a la tumba de mi padre con flores, y algunas veces me daba tanta pena todo que a la salida le compraba también unas flores a mi madre, como si estuviera ya en la tumba, porque para el caso era lo mismo. Le dejaba las flores en la cama, o se las ponía en el vientre, mientras le hablaba porque eran muy insistentes con lo de hablarle a los enfermos, como si fueran plantas.

Las ganas de pelear con mi tío fueron desapareciendo porque al fin y al cabo, después de enterarme de algunas cosas (no todas), o por lo menos de una de las versiones de lo que había pasado, me parecía que bastante tenía con *lo suyo*, como me decían a mí con la muerte de mi padre. Lo único que me daba coraje era que a mi padre no se le había querido de verdad, y la muestra de ello era que su muerte parecía que sólo me afectaba a mí. En cuanto a mi abuela, qué más daba, si se había ido. Y mi abuelo se había escapado después de la guerra. Todo el mundo renunciaba a sus responsabilidades, menos yo que me había quedado atada a dos palos: a una tumba y a una cama.

Mi madre se murió durmiendo, y aunque para mí era una muerte tristísima y una manera de morir bien tonta, a todo el mundo le parecía que no había forma mejor de morirse. No creo que muriera de una depresión, sino de alguna otra enfermedad que no le tratamos porque no podía moverse de casa y como tampoco se quejaba… Venía un médico pero el dinero se estaba acabando y ella no colaboraba.

—Tu madre tiene que colaborar, Mariela.

No hubo manera. Mi tío dijo que se haría cargo de los gastos, pero mi madre se negó, porque era incapaz de perdonarle nada, tanto tiempo después. Era increíble ver cómo se negaba. Estaba muerta, o casi, pero sacaba energía para que mi tío no pagara el médico, para que mi tío no le diera un anillo, para que mi tío no cediera una casa. No se cansaba nunca, mi madre. El único momento en el que se dejaba era cuando la aseaba, que entonces se quedaba bien quieta para que mi tío pudiera hacer lo que tenía que hacer.

Lo importante era que mi madre, decían, no había sufrido, y a mí me parecía una falsedad decir que una persona no había sufrido sólo porque no se quejaba. Me parecía que mi madre, precisamente porque no abría la boca y prácticamente tampoco los ojos, había sufrido más que las personas que se quejan. Seguro que sufrió más que su madre, y no me refiero a la abuela, sino a su madre de verdad. Cuando el dolor físico es tan fuerte, dejas de sentirlo. Como cuando algo está muy frío, que de pronto sientes que te estás quemando. El dolor de mi madre era más lento, y como no podía verse, porque la depresión es invisible y la otra enfermedad que no le tratamos no existía oficialmente, como no podía verse nadie sabía que a lo mejor era todavía más fuerte.

Sin ruido, una muerte es razonable, sobre todo porque no molestas. A mí, sin embargo, mi madre me molestaba así, callada; digo más: era insoportable. Yo le preguntaba cosas, y no me refiero a las cosas importantes que debería haberle preguntado antes de que muriera, sino a preguntas tontas como si estaba cómoda o si necesitaba algo, y nunca contestaba. El consuelo era que a mi tío tampoco le contestaba nunca, como si se hubiera quedado muda. Por eso cuando por la mañana entré en su habitación me pareció que estaba viva, y fue penoso comprobar que viva o muerta tenía el mismo aspecto, y si no hubiera sido porque no respiraba y no le latía el corazón, podría haber estado cuidando de ella meses y años, que era lo mismo.

Estuve un buen rato sentada ahí al lado. Las vecinas comentaban que qué suerte, que se fue a dormir un sábado y el domingo no despertó. Pero eso fue después, cuando busqué ayuda (es un decir), cuando le dije a la vecina que viniera a mi casa, que mi madre ya se había ido; y aunque la frase daba lugar a confusión, lo entendió perfectamente.

Antes me fui a comprarle flores a la mujer del cementerio, pero no al cementerio sino al mercado porque no era domingo. Fui hasta allí y le pedí flores para mi madre.

—¿No irás mañana, entonces?

La mujer creía que me había equivocado, que en realidad había querido decir padre y no madre, pero no, que era mi madre la que se acababa de morir y la que necesitaba flores, si es que los muertos necesitan algo. Cuando volví con el ramo, estuve un rato con ella a solas antes de dar la noticia, con las flores en su vientre. Después se las tuve que poner en la cara porque no podía mirarla y me daba mucha impresión que estuviera muerta con aquel rostro que bien podría ser de viva; era algo intermedio. Estuve acordándome de cuando mi padre estaba muerto y también lo pusimos en mi cama, y me empezó a dar la risa porque todos parecían dormidos y en realidad estaban muertos. Vamos, que me sentí igual que mi madre cuando se puso a comer aquel pastel o cuando mi padre y mi tío se dieron una paliza.

Lo más divertido (es un decir) fue el velatorio. Mi tío no se separó de mí en ningún momento, y a mí me daba un poco de pena toda la lástima que yo despertaba en los demás, porque se había multiplicado y expandido y ya era inabarcable, una lástima que lo ocupaba todo, con la rabia que me daba. Para que no pareciera que la muerte de mi madre había sido insignificante, una muerte que no le importaba a nadie excepto a mí, como así era, vinieron varias vecinas a mi casa y estuvieron hablando de mi madre. Entonces más que nunca pensé que es irremediable idealizar a los muertos, como me habría gustado explicarle a mi madre, aunque no se lo habría explicado nunca ni aunque viviera cien años porque de esas cosas no hablan las señoritas.

Todo el mundo hablaba de mi madre y ya en nada era mi madre, sino que parecía una persona ejemplar, una mujer fuerte. Decían que era fuerte una y otra vez, insistiendo mucho, como si la fortaleza de una persona, de una persona que ya está muerta, significara algo. Me habría gustado decir que yo habría preferido que mi madre hubiera sido menos fuerte, y que además a ninguna de las vecinas les importaba una mierda (con perdón) si mi madre era fuerte o no lo era, porque nadie sabía todo lo que había tenido que sufrir ella para ser como era, ni siquiera yo sabía nada.

Estábamos en mi casa rodeando a mi madre y la gente se levantaba y se servía de lo que hubiera, porque cada una de ellas trajo algo distinto. No se olvidaban de decirme que tenía que comer, porque la gente si no se mete en tus problemas no está tranquila, así que estuve comiendo mucho para demostrarles a todas que no necesitaba que me lo dijeran, y que además la muerte de mi madre no me quitaba el apetito, que era otra cosa mucho menos simple que dejar de comer. Pero tampoco sabía muy bien qué se suponía que iba a ser de mi vida, cada vez más flaca.

Estaba convencida de que mi abuela vendría a la muerte de mi madre, pero no vino. Era imposible que viniera porque me parece que estaba muerta, aunque nadie ha sabido confirmármelo, pero yo sé que estaba muerta porque es imposible que mi abuela se perdiera la muerte de mi madre, por muy conflictiva que fuera, porque era su hija y ni eso, su sobrina. Con la muerte todos hacemos excepciones.

Al día siguiente, o dos días después, se le hizo una ceremonia religiosa en la iglesia. Como si fuera una boda, todas las mujeres del pueblo se vistieron con sus mejores galas y sonreían cuando nadie las miraba. Cuando yo, la huérfana, no las miraba. Algunas, al acercarse a mí para besarme y darme el pésame, olían a perfumes fuertes. Me parecía increíble que la muerte de mi madre fuera la ocasión para tantas mujeres de arreglarse un poco, como si fuera un acontecimiento social, un baile. Aun así, no podía reprocharles nada, porque bastante hacían con venir, con llenar la iglesia y tener la decencia de estarse en silencio durante la ceremonia. Yo estaba bastante tensa, porque en cuanto entré la gente se dio media vuelta para mirarme y empezó un zumbido de voces apiadándose de la hija de la muerta, creo yo. La gente era muy amable y de vez en cuando se oía a alguien contar que mi madre tenía una depresión de caballo, que no había conseguido superarla. Mi tío iba a mi lado tranquilo, estrechándole la mano a todo aquel que se le acercaba para darle el pésame.

Fue muy triste que para mi padre no hubiera nada parecido, una ceremonia de despedida, ni tampoco para mi abuela, que no sabía dónde estaba, ni para el padre de mi madre, que había desaparecido y nadie sabía decirme si se había suicidado o muerto por alguna enfermedad.

En el primer banco de la iglesia se reservaba un sitio para la familia directa, que éramos solamente mi tío y yo. Todo el mundo respeta mucho eso y la gente se iba poniendo lejos o cerca en función de lo que creían más apropiado, en señal de respeto. Cuento esto porque justo cuando el cura empezó a hablar, noté cómo el banco crujía levemente como si alguien se hubiera sentado. Miré al lado de mi tío y ahí estaba la niña gitana, que apenas le llegaban los pies al suelo y le colgaban del banco, atendiendo, muy seria, vestida de negro y sin corresponder mi mirada. Después de estar oyendo misa y de sentir que todo era una mentira y una tontería, como cuando llevaba flores para la tumba de mi padre (sin mi padre), apareció una monja con una cesta. Tengo que decir que a mí las monjas siempre me han gustado, hasta que me han encerrado en el internado con ellas, aunque tampoco puedo decir que hayan dejado de gustarme, que las pobres no tienen la culpa de que yo me haya quedado huérfana completamente.

Siempre me habían gustado pero aquélla me sacó de quicio. No sabía muy bien por qué tenía una cesta diminuta entre las manos ni por qué se acercaba decididamente hacia mí con una sonrisa que ya adelantaba una disculpa. En cuanto llegó a nosotros, a mi tío, a mí y a la pequeña, me dijo en susurros que la cesta era para dejar la voluntad. Entendía que era un día muy triste para mí, pero mi madre por fin estaba descansando y se había ido al cielo, con Dios. No tenía por qué preocuparme ni por qué entristecerme, que el buen cristiano acepta la muerte porque es el deseo del Señor. Mi tío, creo que por acabar con aquella escena desagradable y grotesca, metió una moneda en la cesta y le pidió a la monja que continuara con los demás. En aquel momento pensé que qué más daba, si total ya todos estaban muertos, y cogí la moneda de mi tío de la cesta, me la guardé en el bolsillo y escupí dentro. Escupí dos veces y miré a la monja para decirle con calma que era una puta. La presencia de la niña me había puesto nerviosa, aunque tampoco es excusa.

—Puta.

Ruborizada, la mujer se marchó y no continuó con su labor, digo labor por llamarlo de alguna manera, que no sabría qué palabra emplear. Esto no se lo he contado a las monjas ni pienso hacerlo. Yo sabía perfectamente que nadie me llamaría la atención. Primero porque habían asesinado a mi padre, segundo porque la mujer a la que le dedicaban la ceremonia era mi madre y estaba muerta. Todo el mundo se quedó en silencio y yo me reí mirando a mi tío, una risa descarada.

—¿Has visto qué cara se le ha quedado?

Pero naturalmente nadie me rió la ocurrencia. Cuando quise darme cuenta, la pequeña ya se había marchado.

El entierro fue un poco más austero, porque no hubo tanta gente y parece que cuando hay mucha gente todo cambia. La metieron en la misma tumba que mi padre (es un decir), y lo primero que pensé fue que así los domingos sólo tendría que ir a una tumba y sólo tendría que comprar flores para los dos. Para los cuatro, que mis abuelos estaban también metidos allí. Me dio por pensar, y aún estoy en ello, que era imposible que una vida se acabara sin más, se metieran los restos de esa vida, que son los huesos y la carne muerta, en un cajón de cemento, y nada más. Fin.

Estaba delante de aquella tumba y la mano de mi tío reposaba en mi hombro, y me acordé de la mano de Tico y después de Tico, que no había venido al entierro de mi madre seguramente porque su esposa no quería. Pensé que a lo mejor le había prometido que si no iba al entierro de mi madre se volvería a desnudar para él... Pensaba ese tipo de cosas, mientras la gente creía que estaba pensando en algo peor, algo relacionado con la muerte de mi madre, aunque tampoco podía pensar nada peor que aquello. Me imaginaba que Tico y su mujer estaban desnudos y quería ponerme a decir barbaridades, las palabras

más horribles, y que todo el mundo creyera que había enloque-
cido, pero ni para eso tenía fuerzas, porque la muerte de mi
madre, mejor dicho la enfermedad de mi madre, me había con-
sumido de una manera criminal, como el aborto de la mujer de
Tico. Era muchísimo peor que la muerte de mi padre, que por
lo menos fue inesperada y no te tiene pendiente de un hilo, con
esa angustia de los días huecos, porque mi madre estaba hueca
por dentro, y no es un decir.

Pasada la primera semana, decidí que no iba a llevar luto. Estaba ya cansada de vestirme de negro, que una niña vestida de negro, una señorita, casi una mujer, no podía ir tan oscura si pretendía hacer algo en la vida que valiera la pena. A mi tío le pareció bien, y aunque no le hubiera parecido bien habría tomado la misma decisión porque estaba sola, no tenía que dar explicaciones ni aunque me las pidieran.

Cuando me acordaba del velatorio de mi madre, que me acordaba muy a menudo, me hacía gracia pensar que las vecinas decían con orgullo que se fue a dormir un día y el siguiente no se despertó, como si se hubiera levantado de la cama en algún momento y pudiera *irse* a dormir. Y también me hacía gracia que todo el mundo (es un decir) se muriera de manera que yo no faltara nunca al colegio. Pero incluso lo del colegio se me acabó, porque estuvieron estudiando mi caso y decidieron que mi tío no podía hacerse cargo de mí, así que ingresé en un instituto interna y una vez al mes salgo de permiso, lo dicen como en la cárcel: de permiso.

Al principio, antes de las monjas y los permisos, mi tío se había medio instalado conmigo en mi casa, en la que vivía con mi madre. Allí estábamos los dos y mi vida tampoco se alteró demasiado con respecto a la vida anterior a la enfermedad de mi madre, porque volví al colegio sin faltas y todo el mundo tuvo mucha consideración con que fuera, por fin, de verdad que por fin, un alivio, fuera una huérfana completa. Nadie decía nada, y noté que la profesora ya nunca me hacía preguntas en clase, y si alguna vez se olvidaba y me sacaba al encerado, enseguida se daba cuenta y me devolvía a mi asiento. A mí no me desagradaba aquella vida que llevábamos y aquel tacto con el que me trataba todo el mundo.

Mi tío y yo, aunque tampoco nos hacíamos mucho caso durante el día, éramos como un matrimonio, con la diferencia de que, al contrario que en el resto de las casas, en la nuestra era el hombre quien hacía la comida. Pero por lo demás… hasta dormíamos juntos, cosa que no les gustó nada a las monjas cuando lo conté al llegar, pero es que a las monjas todo lo que no sea Dios no les gusta. Y cuando me piden que les cuente más les digo lo que hay que decir: que ante todo soy una señorita y las señoritas no hablan de ciertas intimidades.

Los domingos, cuando todavía no era una interna, iba a la tumba de mis padres, y se lo decía a la mujer de las flores con mucha decisión, para combatir la mirada de compasión al decir el plural. Creo que iba todas las semanas porque me había acostumbrado y ya tampoco sabía qué hacer si faltaba a mi cita en el cementerio, pero me daba lo mismo la tumba y también me daba igual que estuvieran mis padres, que se hubieran muerto. Sólo pensaba que era una injusticia y que por culpa de todos a mí me daba igual la muerte de los demás. En realidad yo podría haber sido diferente, y llorar, y que me diera pena, pero no me daba, me daba rabia como mucho, con suerte.

Mi tío decía que la rabia era normal para tranquilizarme, que a él también le daba rabia que su padre se hubiera muerto mientras él estaba en el servicio militar, y le daba rabia que mi padre se hubiera muerto de aquella manera, y sobre todo le daba rabia que mi madre hubiera sido tan terca durante toda su vida. Pero la diferencia era que a mi tío le daba rabia la vida, mientras que a mí me daban rabia los muertos.

Estuvimos algunas semanas viviendo juntos pero después, como estaba diciendo, las cosas cambiaron. Hubo visitas y reuniones a las que mi tío tenía que asistir, porque la vida de cualquier persona se puede resumir, y de eso me di cuenta entonces, en unos cuantos papeles, y la mía no iba a ser menos. Mi tutor legal no podía ser mi tío, según me contaba muy serio delante de la tumba de mis padres, porque no podía hacerse cargo de mí, por los pocos ingresos que tenía y porque era soltero y, encima, hombre; pero yo sé que fue porque las monjas no se fiaban de él. Así que me vine al colegio interna con una salida al mes, en la que aprovecho para ir a la tumba de mis padres, padres, padres, padres, que me cuesta acostumbrarme al plural.

Los primeros días en el internado intuí que a las monjas no les gusta mi tío y que por eso cuando estudiaron mi caso, como ellas dicen, decidieron que lo más prudente para mí era alejarme de un hombre como él. No sé si se refieren a las putas, pero supongo que sí. En cualquier caso, no nos dejan estar a solas. Si viene a verme, siempre hay alguien con nosotros supervisando. Y cuando me dejan salir una vez al mes, tengo que ir con él porque no me queda más familia, pero me han puesto una condición y es que una de las monjas me acompañe. Tampoco quieren que pasemos la noche en el pueblo, en casa de mi tío, de modo que volvemos andando, aunque está un poco lejos, para dormir en el colegio. Yo no entiendo por qué tanta precaución, si las putas no son para tanto, pero se nota que las monjas me quieren y con eso a mí me basta.

Y sigo aquí, con las monjas, que todavía me quedan tres años para poder salir del internado y vivir donde quiera y como quiera. Tampoco tengo muy claro qué va a ser de mí. Las monjas me enseñan a cocinar y a coser y a todas esas tareas que deben dominar a la perfección las mujeres. Dicen que así podré encontrar un buen marido, y yo estoy cansada de decirles que voy a acabar con la mala suerte de mi familia y no me voy a casar ni voy a tener hijos. Es la solución que he encontrado. Cuando les digo eso, me preguntan si no he sentido la llamada de Dios, que es como ellas se refieren al momento en el que toman la decisión de hacerse monjas. A mí, la verdad, me da lo mismo. La llamada no la he sentido, pero ellas me están animando y estoy pensando en que a lo mejor no es tan mala idea quedarme. Por ejemplo ser la cocinera, que dicen que se me da muy bien. Porque aquí no puedo decir ni que esté mal ni que esté bien, pero al menos estoy normal.

Si me quedo, que aún no lo sé, es porque las monjas serán lo que quieran, pero no unas mentirosas. Por lo menos ellas me permiten hacer preguntas y casi siempre me las responden, por muy malas que sean las respuestas. Pero para malas y con perdón, las monjas; aunque no conmigo porque sienten lástima y me tratan como a una hija…, hasta me dicen que me parezco a mi padre sólo para contentarme, y eso es lo único en lo que me mienten. La verdad, es un decir, son tan malas como cualquiera, como todos los demás.

Agradecimientos

A Consu Gallego (Pequod Llibres), por allanar el camino y acortarlo, poniéndolo todo tan fácil. A Carlos González Peón, por acompañarme y hacerlo más divertido. A Ella Sher, por ensancharlo a medida que se estrechaba. A Silvia Querini, por ser un faro firme desde que empezó la andadura.

Este libro ha sido impreso
en los Talleres Gráficos
de EGEDSA,
Sabadell